KB114188

투신

강태산

# 투신 강태산 8

박선우 장편소설

초판 1쇄 찍은 날 § 2017년 3월 10일
초판 1쇄 펴낸 날 § 2017년 3월 17일

지은이 § 박선우
펴낸이 § 서경석

편집책임 § 배경근

펴낸곳 § 도서출판 청어람
등록번호 § 제387-1999-000006호
등록일자 § 1999. 5. 31
어람번호 § 제1-2651호

주소 § 경기도 부천시 부일로 483번길 40 서경B/D 3F (우) 14640
전화 § 032-656-4452  팩스 § 032-656-4453
http://www.chungeoram.com
E-mail § chungeorambook@daum.net

ISBN 979-11-04-91234-4 04810
ISBN 979-11-04-90979-5 (세트)

# 투신
# 강태산

박선우 장편소설

**FUSION FANTASTIC STORY**

**8**

투신
강태산

# CONTENTS

제1장
**그녀의 연인**

시합을 끝내고 돔 경기장을 빠져나가는 강태산 일행에게는 엄청난 숫자의 기자들이 따라붙었다.

　거기에는 국내 기자들뿐만 아니라 외신 기자들까지 있었는데 얼마나 많은 기자들이 움직였는지 차량을 헤아리기 어려울 지경이었다.

　하지만 그들은 차에 탄 이후부터 강태산의 모습을 더 이상 볼 수 없었다.

　일행들과 헤어진 강태산이 모습을 감추었기 때문이었다.

　정말 귀신같이 사라졌다.

전후좌우에서 연신 카메라 셔터를 누르던 기자들은 만덕체육관에 도착하자마자 사라진 강태산을 찾기 위해 갖은 노력을 기울였으나 그의 모습은 그 어디에도 없었다.

저녁 7시.

강태산이 단골 식당인 아줌마식당에 들어와 그들이 언제나 먹었던 방으로 불쑥 들어서자 미리 와 있던 김 관장과 김만덕이 왜 이제 오냐는 듯 눈을 부라렸다.

워낙 언론이 따라붙었기 때문에 그들은 트레이너진을 모두 제외시키고 둘만 비밀스럽게 왔는데 벌써 20분 전에 도착해 있었다.

먼저 입을 연 것은 김만덕이었다.

"왜 이제 오냐?"

"인마, 나 선글라스 쓴 거 안 보여? 이건 뭐 007 작전도 아니고, 사람들 피해서 오느라 늦었다."

"하긴, 슈퍼스타는 피곤한 법이지."

"그러게 말이다. 삼겹살 먹기가 이렇게 어려울 줄은 정말 몰랐어."

강태산이 어깨를 으쓱하며 장난기 가득한 얼굴을 만들자 김 관장이 슬쩍 입을 열었다.

"몸은 괜찮고?"

"조금 욱신거리는 데가 있지만 전반적으로 괜찮아요. 저보다는 요시다가 병원 신세를 오래 져야 할 겁니다."

"넌 정말 신기한 놈이다. 요시다도 그렇지만 너도 꽤 맞았는데 어떻게 이리 멀쩡하게 돌아다닐 수 있는 거냐?"

"그러게 말입니다."

"어이구, 하여간 괴물이야, 괴물."

"삼겹살 시켰어요?"

"곧 들어올 거다."

"시합 끝났으니까 오랜만에 나도 술 좀 마셔야겠어요. 시합보다 사람들한테 시달렸더니 엄청 스트레스받았거든요."

"그래라, 오늘은 승리의 날이니까 우리 실컷 마시고 뻗자."

김 관장의 말이 끝나자마자 식당 아주머니가 쟁반을 받치고 방으로 들어왔다.

쟁반에는 삼겹살과 반찬들이 놓여 있었는데 소주도 두 병 담겨 있었다.

김만덕의 행동은 이럴 때 귀신같이 빠르다.

그는 아주머니가 삼겹살을 식탁에 놓자마자 즉시 가스레인지에 불을 붙인 후 불판을 올려놨다.

최유진이 문을 열고 들어온 것은 아주머니가 반찬을 모두 내려놓고 방을 나간 후 얼마 지나지 않았을 때였다.

"어, 최 기자가 웬일이야?"

"제가 불렀습니다. 밥값 내라고."

"관장님은 제가 오는 거 싫으세요?"

"그럴 리가 있나. 최 기자처럼 미인이 밥값 내러 왔는데 쌍수 들고 환영해야지."

"호호… 고마워요."

마치 선녀처럼 최유진이 강태산의 옆자리에 내려앉았다.

그녀는 자리에 앉으며 강태산의 얼굴을 바라봤는데 그 눈빛이 오묘했다.

강태산이 최유진에게 전화를 한 것은 오후 6시가 다 되어 갈 때였다.

갑작스러운 전화.

수많은 기자들이 그의 행적을 놓치고 발을 동동거릴 때 거짓말처럼 강태산의 이름이 그의 휴대폰에서 떴다.

너무 놀라서 말문이 막힐 정도였는데 강태산은 너무나 자연스럽고 태연하게 그녀를 아줌마식당으로 오라는 말을 남겼다.

명분은 밥값을 내라는 것이었지만 그게 전부일 리는 없었다.

강태산은 이제 천문학적인 대전료를 받는 선수였다.

겨우 삼겹살값이 없어서 그녀를 부른다는 건 말이 안 되는 일이었다.

지글지글.

삼겹살이 익어가는 순간 일행의 잔에 소주가 따라지기 시작했다.

흥겨운 분위기.

경기에 이긴 기쁨과 흥분이 식사 자리로 고스란히 옮겨졌다.

김 관장과 김만덕은 뒤늦게 강태산을 향해 신경질을 부리고 있었다.

경기 초반 계속해서 밀렸기 때문에 자기들 속이 새까맣게 타들어갔다는 이야기를 하며 소리를 높였고 뒤늦게 맹공을 퍼부을 때 얼마나 고함을 질렀는지 목이 다 쉬었다는 얘기였다.

하지만 그들의 얼굴에는 웃음꽃이 가득 차 있었다.

기분이 좋으니 술이 많이 들어간다.

잔이 잔을 불렀고 연신 건배가 이루어졌다.

최유진은 한 잔도 빠지지 않고 잔을 부딪쳤다.

그녀 역시 오늘은 작정을 한 것처럼 술을 거부하지 않았다.

최유진이 걱정스러운 얼굴로 슬그머니 입을 연 것은 들어왔던 두 병의 술이 모두 사라지고 다시 세 병이 들어온 후였다.

"오늘 경기 결과에 대해 일본 측에서 어필을 하고 있어요. 비신사적인 경기였다면서 강력하게 비난하는 기사를 내고 있어요."

"비신사적이라니. 뭐가?"

"마지막에 뺨을 때린 것 때문이에요. 그들은 강태산 선수가 요시다를 욕보이기 위해 그런 짓을 했다면서 거품을 물고 있는 중이에요."

"뭔 개소리야. 손바닥으로 공격하면 안 된다는 규정이 어디 있어? 손바닥으로 때리든 주먹으로 때리든 태산이 마음이지."

"사실 보는 저도 이상하긴 했어요. 마치 훈계하듯 때렸기 때문에 속은 후련했지만 찜찜했거든요."

"걱정하지 마. 그런 것 때문에 문제 되는 일은 없을 테니까. 최 기자가 잘 써줘. 우리 멋진 태산이가 그런 것 때문에 욕먹으면 안 되잖아."

"우리나라 언론은 당연히 태산 씨 편이죠. 벌써부터 주요 언론사에서 반박 기사를 내고 있어요. 그런데 태산 씨 일부러 그런 건 아니죠?"

최유진의 눈이 강태산에게 돌아가며 물었다.

솔직한 마음을 듣고 싶었기 때문이었다.

그러자 강태산이 풀썩 웃었다.

"일부러 그랬어. 놈이 싸가지가 없어서."

"우와!"

강태산의 대답에 최유진의 입에서 놀란 탄성이 흘러나왔다.

그러나, 그것은 김 관장과 김만덕도 마찬가지였다.

"그거 기사로 내도 돼요?"

"나 죽이려면 마음대로 해도 돼."

"하긴, 어렵겠네요. 그런데 요시다가 태산 씨를 꽤 화나게 만든 모양이죠?"

"그거야… 뭐, 어쨌든 다 지난 일이니까 우리 술이나 마시자. 유진 씨, 뭐 해? 술잔 비었잖아."

강태산이 말을 얼버무리며 최유진을 향해 술잔을 내밀었다.

여자가 술을 따른다는 의미를 생각하지 않는 얼굴.

너무 자연스러워 따라주지 않을 수 없을 정도로 천연덕스러운 얼굴이었다.

그랬기에 최유진은 소주병을 들어 강태산의 잔에 술을 채웠다.

삼겹살은 빠르게 없어졌고 술병도 계속해서 늘어났다.

일행들은 술에 원수라도 진 것처럼 그렇게 신나게 마셔댔다.

김 관장이 먼저 쓰러진 것은 소주병이 9병을 넘겼을 때였다.

"우리 관장님 또 잠이 드셨네. 만덕아, 준비해라."

"오늘은 맥주로 입가심을 해야 되는데 벌써 주무시면 어쩌란 말이야. 내가 오면서 조금씩 드시고 좋은 데 가자고 말했거든. 그런데 우리 아버지는 술만 보면 이런다니까."

김만덕이 툴툴대면서 주섬주섬 자리를 정리할 준비를 했다.

강태산이 최유진을 바라보면서 웃은 것은 김만덕의 투정 때문이 아니었다.

"유진 씨, 내가 왜 유진 씨를 부른 줄 알아요?"

"밥값 내라면서요."

"나한테 할 말 있죠?"

"무슨……."

"나 눈치 빠른 사람입니다. 날 볼 때마다 뭔가 말을 하고 싶어 하던데 아닌가요? 오늘도 계속해서 마찬가지였잖아요."

"역시 대단하시네요. 사실은… 어려운 부탁이 있어요. 너무 무리라서 차마 말을 못 했는데 이렇게 먼저 얘기해 주시니까 이야기할게요."

"어려운 부탁이라. 겁나는군요."

"저희 방송국에서 새로 신설된 프로그램이 있어요. 거기에 태산 씨가 출연하게 해달라는 오더를 받았어요. 저는 안 된다고 했는데……."

최유진이 곤혹스러운 표정을 지은 채 말을 끝내지 못했다.

그녀는 스스로도 너무 무리한 부탁이라 여기는 모양이었다.

하지만 강태산의 표정은 편안했다.

"어떤 프로그램입니까?"

"그녀의 연인이란 프로그램이에요……"

최유진이 프로그램의 특성과 촬영 일정에 대해서 떠듬거리며 말했다.

대한민국 최고의 슈퍼스타 강태산.

그런 강태산을 섭외하는 자리가 삼겹살집이라는 게 말도 안 되는 일이었지만 최유진은 최선을 다해 강태산을 설득했다.

촬영에 3일이 걸린다고 했다.

거기다 촬영 장소가 제주도였으니 결코 좋은 조건은 아니었다.

머릿속에서는 강태산이 거부할 거란 생각을 계속했다.

포기에 가까운 눈빛.

아… 나한테 왜 이런 일이 계속해서 떨어지는 걸까.

말을 마치고 그녀는 강태산을 바라보지 않았다.

거절의 말을 편하게 듣기에 그녀의 심장은 그렇게 크지 않았다.

하지만 강태산은 무슨 생각이었는지 거짓말처럼 그녀의 제안을 받아들였다.

"좋습니다. 대신 출연료는 많이 주세요. 그러면 유진 씨의 얼굴을 봐서 출연하죠."


                    *          *          *


인터넷은 빠르다.

김도형이 블로그에 올린 내용은 금방 국내 최대 포털 사이트의 대문에 걸렸다.

그가 올린 내용들은 광속으로 날아가는 비행기보다도 빠르게 인터넷 세계를 완전히 점령하고 말았다.

검증.

김도형이 올린 내용은 수많은 인터넷 유저들의 검증을 받았다.

그러나 그들이 내린 결론은 김도형이 내린 것과 똑같은 것이었다.

검증이 완료되고 강태산이 말한 내용이 드러나자 이번에는 언론이 뒤집혔다.


'요시다, 다시 한 번 말해봐라. 독도가 누구 땅이냐!'


단순한 이 한마디.

그러나 이 한마디가 던진 충격은 대한민국을 완전히 뒤집어

놓을 만큼 어마어마했다.

저녁 늦게 시작된 강태산의 신드롬은 그다음 날이 되자 완전히 대한민국을 뒤흔들었다.

공식 인터뷰에서 있었던 요시다와의 설전.

그 자리에서 강태산이 던진 독도 소유권을 건 한판 승부.

물론 말도 안 되는 제안이었지만 국민들은 모두 그의 제안을 기억하면서 열렬하게 응원을 했다.

그리고 지금.

경기 중에 요시다를 깔아뭉갠 채 던졌던 한마디를 알게 된 국민들은 모두 가슴이 떨리는 전율을 맛봐야 했다.

"와아, 강태산. 정말 멋지다."

"인마, 강태산이 뭐야 강태산이. 그 형이 네 친구냐!"

"맞아, 쟤는 아무한테나 반말이야."

친구인 서정욱이 소리치자 즉각 현수가 통박을 줬고 이현지가 맞장구를 쳤다.

이제 대학교 1학년인 그들은 캠퍼스 잔디에 앉아 대화를 나누고 있었는데 서동욱은 강태산에 관한 기사를 뒤늦게 확인하고 호들갑을 떠는 중이었다.

서정욱의 낯짝은 두껍다.

아무리 친구들이 통박을 줘도 눈도 깜짝 안 할 정도로 그는 쾌활한 성격을 가지고 있었다.

"그럼 어떻게 된 거냐. 이 형 진짜 독도 가지고 까불지 말라고 한 거잖아."

"그런 거지."

"크크크… 아이고, 통쾌해라. 정말 멋져. 멋져 부러."

"그런데 어떻게 그런 생각을 했을까. 아무리 그래도 시합 중에 그런 생각을 하다니 정말 대단해. 안 그러니, 현수야?"

이현지가 현수를 바라보며 물었다.

그녀의 예쁜 눈이 자신을 바라보자 현수의 얼굴에서 웃음이 흘러나왔다.

이현지.

1학기 때부터 관심을 가지고 지켜볼 정도로 예쁜 아이였다.

나중에 알았다. 그녀도 자신에게 관심을 가지고 있다는 것을.

아직까지 사귀는 단계는 아니었으나 서로의 마음을 확인했으니 이제 본격적으로 사귀어볼 생각을 가지고 있었다.

그랬기에 그녀를 바라보는 눈빛에는 언제나 따스함이 저절로 생겨난다.

"그 형은 내가 잘 알아. 화끈한 인파이팅을 하는 것 같지만한 번도 방어를 소홀히 한 적이 없어. 성격이 치밀한 사람인 것 같아. 더군다나 더없이 냉정해. 그런데도 상대를 쓰러뜨릴 때는 야수를 보는 것 같아. 아마, 그 형은 미리 요시다를 엿

먹이려고 작정했을 거야."

"그런데 왜 시합 끝나고 인터뷰에서는 생각나지 않는다고 말했던 걸까?"

"부끄러워서?"

서정욱이 중간에서 불쑥 끼어들자 이현지의 눈꼬리가 하늘로 올라갔다.

이 와중에 농담하는 그가 마땅치 않다는 눈빛이 그녀의 눈에서 레이저광선처럼 쏘아져 나오고 있었다.

현수가 잠시 생각을 하다가 입을 연 것은 이현지가 레이저광선을 거두고 자신을 바라봤을 때였다.

"내가 생각하기에는 공식적인 자리에서 일본을 건드리는 게 바람직하지 않다고 판단한 것 같아. 그 형은 그만큼 신중한 사람이니까. 그래서 일본어가 아니라 한국어로 한 걸 테고."

"그냥 말하면 어때서?"

"자신으로 인해 대한민국의 입장이 난처해지는 걸 원하지 않았을 것 같아."

"음… 그럴 수도 있겠다."

"하여간, 그 형 너무 멋있어. 그 형을 한 번만 만나보면 원이 없을 것 같아."

"그렇게 좋아?"

"응."

"나보다도?"


경기의 결과도 엄청난 반향을 일으켰지만 경기 중에 한 말
이 전해지면서 강태산은 격투기 선수를 넘어 대한민국의 영웅
이 돼버렸다.

원하던 일은 아니었다.

영웅이 되고자 한 말이 아니었고 그것이 알려지리라고는
꿈에도 생각하지 않았다.

그럼에도 언론은 몸살을 앓았다.

모든 언론사가 어떻게든 강태산을 인터뷰하기 위해 필사적
으로 움직였고 각종 프로그램에 출연시키기 위해 갖은 인맥
을 모두 동원했다.

그러나 강태산은 그런 그들의 노력을 헛된 꿈으로 만들어
버리며 또다시 세상의 뒤안길로 그림자처럼 사라져 버렸다.

강태산이 한 말이 알려지면서 일본의 반응은 분노 그 자체
였다.

수모.

그들은 국제적으로 공개적인 수모를 당한 것으로 여기고
강태산의 행동을 그냥 두지 않겠다며 공공연하게 떠들었는데
일본 격투기계는 UFC 측에 챔피언 타이틀 박탈을 포함한 중

징계까지 요청했다.

일본의 요청에 UFC 측은 단호하게 거절의 입장을 밝혔다.

황금 알을 낳는 거위 강태산.

그런 강태산을 매장시킨다는 건 톰슨 회장 입장에서는 말도 안 되는 일이었기 때문이었다.

대한민국 국민들은 강태산이 요시다의 시합을 일방적인 승리로 이끌면서 일본의 코를 납작하게 만들었다고 생각했다.

독도 전쟁에서 승리했으니 다시는 일본이 독도를 자기네 땅이라 우기지 않을 거란 말이 기정사실처럼 퍼져 나갔다.

그러나 일본은 집요한 나라였다.

강태산이 던진 돌은 일본이 칼을 빼 들게 만들어 버리는 기폭제가 되어 조용했던 수면을 흔들어놓기 시작했다.


\*　　　　\*　　　　\*


"정확하게 얼마나 남았지요?"

"58일 남았습니다."

"가능성은?"

"반반입니다. 그런데 시간이 갈수록 불리해지는 중입니다. 그동안 중립을 지키던 아프리카 위원들이 한국 쪽으로 기울고 있습니다."

"우려하던 일이 생기고 있군요."

"그자들은 꾸준히 경제적으로 지원해 준 한국의 고마움을 잊지 못하는 것 같습니다."

"거지 같은 놈들. 그렇다면 우리의 도움은 잊었단 말이오!"

일본의 총리의 입에서 신경질적인 고함이 터져 나왔다.

시퍼렇게 터지는 눈빛.

보고를 하던 외상이 그의 눈빛에 몸이 움츠러들 정도로 총리의 시선은 분노에 사로잡혀 있었다.

앞으로 UN 사법재판소의 규칙 개정에 대한 투표는 두 달이 채 남아 있지 않은 상태였다.

주요 의결 사안은 국제분쟁 지역에 대한 재판에 관한 규정이었다.

지금까지 국제분쟁 지역은 실질적인 영토 점유국이 재판에 응하지 않으면서 사법재판소의 역할이 미미했는데 이를 개정하자는 움직임이었다.

당연히 이번 개정의 목적은 독도였다.

그랬기에 일본 총리는 아프리카의 배신에 치를 떨고 있는 중이었다.

규칙이 개정되고 재판으로 가면 무조건 이긴다.

동일한 목적을 지닌 미국과 중국, 일본의 힘이 합쳐지면 그동안 꾸준히 이의를 제기해 왔던 일본의 독도 점유권 주장이 힘을 얻을 수 있기 때문이다.

하지만 한국의 반격이 만만치 않았다.

EU를 포함해서 러시아, 동아시아 국가들. 거기다 아프리카까지 손을 뻗어 사법재판소의 규칙 개정은 미로 속을 헤매게 되었던 것이다.

지금 일본 국민들은 강태산이란 놈으로 인해 여론이 악화될 대로 악화된 상태였다.

만약 사법재판소의 규칙 개정에 실패한다면 국민들은 자신의 지도력을 비난하면서 정권을 박탈할 수도 있었다.

분노로 인해 고함을 쳤지만 일본 총리는 독사보다 훨씬 더 냉혹하고 차가운 사람이었다.

"외상, 미국과 중국의 움직임은 어떻소?"

"그들은 점점 이 일에 적극적으로 움직이지 않고 있습니다."

"그자들은 또 왜?"

"미국과 중국이 이 일에 가담한 것은 한국을 압박해서 남북 경협을 포기하게 만들기 위함이었습니다. 하지만 한국은 어떤 압박에도 굴하지 않고 계속해서 경협을 추진해 나가고 있습니다. 그들 입장에서는 이번 전략이 통하지 않을 거란 판단을 내리고 있는 것 같습니다."

"약속을 위반하겠다는 뜻이오?"

"약속을 위반하겠다는 건 아닙니다. 투표를 하게 되면 그들은 분명 우리 편을 들 것입니다. 제 말씀은 투표를 승리로 이끌기 위해 적극적으로 나서지 않는다는 걸 말씀드린 겁니다."

"분명 이유가 있을 텐데?"

"그들은 독도가 누구의 땅이든 상관없는 자들입니다. 우리와는 입장이 다르지요."

"개 같은 놈들이군. 결국 지네 나라 이익에 별 영향이 없으니 적극적으로 나서지 않는다는 소리구려."

"그렇습니다."

"만약 이 싸움에서 우리가 진다면 어떤 결과가 일어나오?"

"독도는 계속해서 한국 땅으로 남게 되겠지요."

"외상은 그런 결과를 원합니까?"

"그럴 리가 있겠습니까. 마지막까지 최선을 다하겠습니다. 놈들이 사법재판소에 나오도록 저는 최선을 다해 끝까지 싸울 것입니다."

외상의 얼굴은 굳어 있었다.

그는 말처럼 어떤 일이 있어도 포기하지 않겠다는 듯 굳은 결심을 얼굴에 새겨 넣고 총리를 바라보았다.

총리의 입에서 첫소리가 흘러나온 것은 외상의 얼굴에 깃든 의지를 진심으로 받아들였기 때문이었다.

"그렇게 해주시오. 우리는 결코 독도를 포기할 수 없소."

"총리님, 최선을 다해 싸우겠지만 결과가 나쁜 쪽으로 나올 수도 있습니다. 우리는 그때를 대비해야 됩니다."

"이번 싸움이 우리의 패배로 나타나도 나는 반드시 독도를 가질 생각이오."

"어쩌실 생각이십니까?"

"놈들이 남북 경협을 추진하고 있지만 아직 통일은 요원하오. 북한 놈들이 공식적으로 나서지 못하는 한 한국 놈들은 우리의 상대가 안 되지. 글로 안 되면 입으로, 입이 안 되면 주먹으로 하는 것이 인류 역사였소. 나는 영원히 변치 않는 그 진리를 따를 생각이오."

\*        \*        \*

김만덕의 여자친구는 은행원이었다.

덩치가 남산만 한 김만덕과 달리 호리호리한 몸매에 참한 얼굴을 가진 사람이었다.

성격도 얼굴처럼 착하다고 했는데 막상 보니 김만덕에게 과분할 정도로 괜찮은 여자였다.

시합 전에 결혼식 날짜를 잡았다고 말했으나 거짓말인 줄 알았다.

놈은 예전부터 장가가고 싶다며 노래를 불렀으니 이번에도 농담인 줄 알았던 것이다.

하지만, 김만덕은 시합이 끝나자 청첩장을 불쑥 내밀면서 약속을 지켜줄 걸 요구했다.

"내가 양복은 맞춰준다."

"야, 인마. 그건 그냥 해본 소리지. 그걸 정말 믿었어?"

"천하의 강태산이 그냥 해본 소리라니. 이 형이 이제 와서 오리발을 내미네."

"사회는 친구가 보는 거잖아. 내가 네 친구냐!"

"난 친구 없다."

"왜 없어. 재덕이도 있고 만수도 있잖아."

"그놈들은 사회 못 봐. 글도 못 읽어. 목소리도 개판이고."

"말도 안 되는 소리 하지 마. 하여간 난 못 봐. 그러니까 걔들한테 시켜."

"형, 정말 이럴 거야?"

"난 정말 못 본다니까."

"그래서 약속 지키지 않겠다는 거냐?"

"그건 그때 네가 하도 우겨서 어쩔 수 없었던 거잖아."

"정말이지?"

"그래."

"좋아, 마음대로 해라. 까짓 거 장가 안 가면 되지 뭐."

김만덕은 그렇게 돌아섰고 강태산은 놈의 협박에 굴복할 수밖에 없었다.

결혼식장은 유명 인사들이 자주 찾는 호텔이 아니라 체육관 근처에 있는 동네 예식장이었다.

놈은 김 관장을 닮아 헛된 곳에 돈을 쓰는 걸 극도로 싫어했는데 결혼 비용을 아껴서 아파트를 장만했다고 했다.

규모가 큰 편은 아니었지만 나름대로 주차장까지 겸비한 곳이라 예식을 치르기에는 무리가 없는 곳이었다.

김 관장은 일가친척이 별로 없었고 사회적인 명망이 있는 사람이 아니었으니 충분할 거라 판단한 것 같았다.

그러나 그 판단이 틀렸다는 건 결혼식 당일이 되자 금방 나타났다.

강태산이 사회를 본다는 소식이 어떻게 흘러나갔는지 예식장은 몰려든 사람들로 인해 난장판으로 변했던 것이다.

수많은 사람들.

기자들은 물론이고 격투기계에 종사하는 관계자들과 강태산을 섭외하기 위한 방송계 사람들, 대기업의 홍보실 직원, 심지어는 구청장과 지역 국회의원까지 몰려와서 결혼식장에는 사람들로 식전부터 가득 차버렸다.

사람들의 눈을 피해 식장에 일찍 들어온 강태산의 입에서는 저절로 한숨이 흘러나왔다.

이런 일이 생길 거란 예상은 했지만 설마 이렇게까지 사람들이 몰려들 것이라고는 생각하지 못했다.

온통 사람들이었다.

그것도 주인공인 김만덕을 보기 위해 온 것이 아니라 사회를 보는 강태산 때문이었으니 여간 마음이 불편한 게 아니었다.

오늘은 김만덕의 날이었다.

인생에서 한 번밖에 없는 결혼식이 그로 인해 엉망이 되게 해서는 안 된다.

강태산이 식장에 자리를 잡고 나오지 않자 사람들은 식이 시작되기 전부터 예식장을 가득 채운 채 움직이지 않았다.

그들의 목적은 한 가지.

식이 끝나고 강태산이 자유의 몸이 되었을 때 어떻게든 만나서 인터뷰를 하거나 광고 출연에 대한 제의를 하기 위해 기다리는 것뿐이다.

식이 시작되었다.

김만덕은 강태산의 멘트에 맞춰 씩씩하게 걸어 들어왔고 하얀 면사포를 머리에 쓴 신부는 마치 구름 위를 걷는 것처럼 웨딩 마치 속에서 하늘하늘 걸어왔다.

처음 해본 사회였으나 무리 없이 진행했다.

김만덕.

벌써 놈과 만난 지 거의 10년이 다 되어간다.

순순하고 착한 성격을 지녔고 누구보다 자신을 맹목적으로 따라준 동생이었다.

놈이 주례 선생 앞에서 영원히 신부를 사랑하며 살겠다는 맹세를 할 때 가슴이 찡해졌다.

행복하게 살기를 바랐다.

모든 사람의 축복 속에서 아들딸 낳고 행복하게 살기를 진심으로 바란다.

김 관장은 울고 있었다.

오랜 세월 혼자 기른 아들의 결혼이 그를 감격스럽게 만들었던 모양이었다.

강태산의 눈에 은정이 들어온 것은 식이 거의 끝나갈 무렵이었다.

은정은 식장의 맨 끝에서 자신을 바라보고 있었는데 얼굴이 어두워 보였다.

참으로 사는 건 지랄 맞다.

인연도 별로 없는 남의 결혼식장에 일요일임에도 그녀가 온 것은 결국 자신을 만나기 위함일 것이다.

직장 상사에게 계속해서 압박을 받는다고 하더니 은정은 그를 섭외하기 위해 여기까지 온 것이 틀림없다.

신부가 입고 있던 웨딩드레스가 그녀의 몸에 입혀졌다.

아름다울 것이다.

웨딩드레스를 입은 은정은 하늘에서 내려온 천사처럼 아름다울 것 같았다.

그녀의 곁에 선 자신의 모습을 생각하자 가슴이 따뜻해지며 저절로 가슴이 뛰었다.

고개를 흔들었다.

상상하면 안 되는 상상은 결코 오래 해서는 안 된다.

모든 식이 끝나고 강태산은 김만덕의 뒤에 서서 기념사진을 찍었다.

트레이너진을 포함해서 관원들까지 대거 몰려들었기 때문에 기념사진은 조폭 일당을 찍은 것처럼 나올지도 몰랐다.

슬쩍 자리에서 비켜나 밖으로 나가며 얼굴을 바꿨다.

그 얼굴 그대로 식장을 나선다면 그는 사람들에 둘러싸여 한동안 고생을 해야 할 테니 말이다.

여행사 직원의 얼굴로 바꾸고 식장 밖으로 나가자 아무도 그를 눈여겨보는 사람이 없었다.

천천히 걸어 은정을 향해 다가갔다.

그녀는 여전히 강태산을 찾느라 두리번거리며 사람들 사이에서 헤매고 있는 중이었다.

"은정아."

"오빠!"

"여기서 뭐 해?"

"난 강태산 선수 만나러 왔지. 그런데 오빠는 웬일이야?"

"여행사 직원이 왜 왔겠어. 저기 신랑, 신부가 우리 여행사를 통해 신혼여행을 가거든. 그래서 준비해 주려고 왔지."

"정말?"

은정의 표정에는 전혀 의심이 담겨 있지 않았다.

신혼여행을 가는데 여행사 직원이 직접 결혼식장까지 왔다는 말을 믿다니 정말 순진하다.

"광고 때문에 온 거야?"

"응, 우리 부장님이 오늘 가서 반드시 만나고 오라잖아. 아휴, 그런데 사람들이 너무 많다. 아무래도 만나기 힘들 것 같아."

"내가 봐도 힘들겠네. 이 많은 사람들이 전부 강태산을 만나러 온 거잖아."

"큰일이다. 꼭 만나고 오랬는데."

"은정아, 오늘은 힘들 거야. 그러니까 우리 밥이나 먹으러 갈까?"

"오빠, 일 다 봤어?"

"서류만 전달해 주면 되는 일이었어. 맛있는 거 먹으러 가자."

"어디로?"

"어디긴, 결혼식장에 오면 공짜로 밥 먹는 거잖아. 원래 공짜가 제일 맛있어."

TCN의 정현탁 국장은 강태산의 시합이 끝난 날 밤늦게 최유진의 전화를 받고 한숨도 잠을 이룰 수 없었다.

힘들 것이라 예상했다.

강태산은 현재 대한민국을 넘어 전 세계에서 가장 핫한 스타가 된 놈이었으니 이렇듯 쉽게 섭외가 될 줄은 꿈에도 생각하지 못했다.

몇 번이고 다시 확인한 정현탁은 전화를 끊은 후 한동안 넋을 놓았다.

연초에 보았던 금년 운세가 말을 타고 창공으로 날아가는 것처럼 좋다고 하더니 정말인가 보다.

강태산의 시합은 45%의 시청률을 기록했다.

근래 들어 드라마는 물론이고 각종 예능을 포함해서 최고의 시청률이었다.

그것만으로도 그는 사장에게 잘했다는 칭찬과 더불어 특별 상여금을 받았는데 새로 시작되는 프로그램에 강태산을 섭외했으니 이건 정말 대박 중의 상대박이었다.

더군다나 강태산이 경기 중에 한 말로 인해 전국이 떠들썩해진 상태였기 때문에 출연만 한다면 시청률은 보장된 것이나 다름이 없었다.

강태산이 첫 주자로 출연함으로써 새로 시작되는 '그녀의 연인'은 JYN의 '대단한 도전'을 꺾고 예능 프로그램의 새로운 강자로 자리매김할 가능성이 컸다.

그랬기에 그는 다음 날 출근하자마자 '그녀의 연인'을 기획한 민윤식을 필두로 TF팀을 짰다.

극적인 효과를 노리기 위해서는 무엇보다 강태산과 어울릴 만한 여자 연예인을 구하는 게 급선무였다.

회의장에는 정 국장을 비롯해서 민윤식과 홍보를 담당하는 최선진, 그리고 AD 정철호, 기획담당 윤미란이 참석했다.

정 국장을 제외하고는 앞으로 '그녀의 연인'을 꾸려 나갈 핵심 멤버들이었다.

먼저 입을 연 것은 정 국장이었다.

그는 아직 강태산이 섭외되었다는 것을 멤버들에게 알리지 않았기 때문에 모인 사람들은 오늘 회의의 주제에 대해서 모르고 참석한 상태였다.

"밥은 잘들 먹었나?"

"국장님, 9시부터 소집을 해서 놀랐습니다. 아침 회의도 미루고 왔습니다. 무슨 일이십니까?"

"미리 말해줬잖아. 오늘부터 당분간 TF팀으로 운영한다고."

"그건 들었지만……."

민윤식이 이해가 안 간다는 얼굴을 풀지 못하고 말끝을 흐렸다.

민윤식은 JYN의 '대단한 도전' 현동헌 PD와 더불어 예능계의 양대 스타로 불리는 인물이었다.

워낙 만지는 프로그램마다 빅히트를 쳤기 때문에 그는 TCN의 보물이었고 지금도 종편에서는 그를 노리는 곳이 많았다.

하지만, 그는 TCN에서 뼈를 묻겠다며 스타 PD답지 않게 맡은 일에 최선을 다했다.

정 국장이 습관적으로 웃음을 지은 것은 그런 민윤식이 기특했기 때문이었다.

"민 PD, 강태산의 출연이 결정되었다."

"정말입니까!"

민윤식의 눈이 찢어질 듯 커졌다.

부릅떠진 그의 눈은 정현탁의 말을 믿지 못하겠다는 듯 의심으로 가득 차 있었다.

그것은 회의에 참석했던 사람들도 마찬가지였다.

강태산의 출연 결정.

시합 전에 정 국장이 시도를 해보겠다며 의욕을 불태웠지만 그것을 그대로 믿은 사람은 아무도 없었다.

그동안 보여줬던 강태산의 행태로 봤을 때 이런 예능 프로그램에 출연한다는 건 불가능에 가깝다고 생각했기 때문이었다.

JYN에서 '대단한 도전'에 그를 출연시킨 적이 있었으나 그것은 몇 시간에 지나지 않은 것이었다.

그것도 강태산의 출연 시간만 따져본다면 한 시간 정도에 불과했다.

그 이후로 강태산이 텔레비전에 출연한 적이 한 번도 없었다.

수많은 방송사에게 그를 잡기 위해 안간힘을 썼으나 강태산은 작정한 사람처럼 숨어버려 입도 벙긋하지 못했다는 게 방송가의 정설이었다.

그런데 그런 그를 섭외했다니 정말 놀라지 않을 수가 없었다.

놀라움을 숨기고 먼저 의문을 나타낸 것은 AD 정철호였다.

강태산의 출연이 정말 성사되었다면 방송이 끝날 때까지 강태산의 일정을 관리하는 건 그의 몫이 될 것이기 때문에 정철호의 목소리는 한껏 굳어져 있었다.

"국장님, 이번 촬영은 최소한 3일 일정으로 가야 합니다. 더군다나 장소가 제주돈데 그래도 하겠답니까?"

"내 말이 믿기지 않는 모양이구나."

"워낙 의외라서 말이죠."

"우리의 호프, 최유진이 그런 것까지 전부 말해줬단다. 강태산은 전부 알면서 오케이한 거야."

"도대체 최 기자는 강태산과 무슨 관곕니까. 지금까지 최유진이 껴서 안 된 일이 없잖아요."

"그걸 왜 나한테 물어? 궁금하면 직접 물어봐."

"남녀 일을 어떻게 직접 묻습니까?"

"그걸 알면서 왜 자꾸 엉뚱한 소리를 해. 그딴 게 궁금할 새가 어디 있냐. 한 달 후가 방송이다. 해야 할 일이 산더민데 자꾸 엉뚱한 일에 신경 쓸래?"

정현탁이 질끈 노려보자 정철호가 슬그머니 눈을 내리깔았다.

분위기를 쇄신시키기 위해 대신 나선 것은 민윤식이었다.

역시 예리하다.

TCN의 톱답게 그는 정현탁이 회의를 소집한 이유에 대해서 정곡을 찔러왔다.

"국장님. 그렇다면 여자 후보들을 다시 정리해야 됩니다. 강태산의 레벨이라면 지금 후보로 정해 놓은 애들 가지고는 안 됩니다."

"맞아. 역시 민 PD답군."

"혹시 생각하신 애가 있습니까?"

"먼저 물어보지. 민 PD가 이끄는 팀이니까. 민 PD는 누가 적당하다고 생각하나?"

"음… 제 의견을 물으신다면 저는 김가을입니다. 워낙 두 사람이 어울리기도 하고 소문도 무성했으니까요."

"민 PD 생각이 그렇다면 그렇게 해."

"예?"

"그러라니까!"

"정말 김가을로 하란 말씀입니까?"

"걔가 제일 적당하다며?"

"하지만, 걔는 일정이 **빡빡**할 텐데요. 지금 섭외하기에는 너무 늦지 않았을까요."

"무슨 수를 쓰든 땡겨 와. 다른 스케줄이 있어도 잡으란 말이야. TCN이란 방송국 이름을 걸고 데려와!"

"제 힘으로는 힘듭니다."

민윤식이 난색을 표했다.

'그녀의 연인'에 출연하고 싶어서 몸살이 난 여자 연예인들은 산더미처럼 쌓였다.

새로 시작하는 프로그램의 프리미엄에 더불어 PD가 민윤식이라는 사실은 그녀들의 이미지와 인기를 한꺼번에 끌어 올릴 수 있는 기회가 될 테니 말이다.

하지만, 김가을은 차원이 다른 배우였다.

아무리 방송 물을 먹는 여자 연예인들이 민윤식의 말 한마디에 절절맨다지만 김가을은 그 범주를 벗어난 여자였다.

그랬기에 민윤식이 곤혹스러운 표정을 지으며 정현탁을 바라보았다.

정현탁의 얼굴에서 쓴웃음이 배어 나온 것은 그런 이유를 정확히 알기 때문일 것이다.

그럼에도 민윤식에게 오더를 내린 것은 그가 자신에게 도움을 바랐음이 분명했다.

"좋아, 그렇다면 김가을은 내가 해주지."

"가능하겠습니까?"

"힘들더라도 어쩌겠나. 최선을 다해봐야지."

"안 될 경우를 대비해서 다른 후보도 준비해 놓을 필요성이 있습니다."

"이번 여자 주인공은 무조건 김가을이다. 내 힘으로 안 된다면 사장님까지 동원할 생각이다. 그것도 안 된다면 오너까지 동원해서라도 끌고 올 테니 걱정하지 마."

"알겠습니다."

"지금 한 말은 모두 비밀이니까 입단속 잘해. 그리고 강태산의 출연은 톱시크릿이다. 김가을이 섭외되어도 절대 발설하면 안 돼."

"원래 프로그램 특성이 여자 주인공에게 남자에 대한 정보를 주지 않는 것입니다. 그건 걱정하지 마십시오. 제가 철저하게 관리하겠습니다."

"예고 방송은 보름 전부터 때린다. 김가을의 섭외는 삼 일이내에 결정해 줄 테니 너희들은 예고 방송을 만들어서 계속 때려. 이번 기회에 우리는 대단한 도전을 반드시 잡아야 해. 알았어?"

"이렇게 국장님이 밀어주시는데 그걸 못 하겠습니까. 시청자들이 껌뻑 죽도록 만들겠습니다."

"식상한 패턴은 전부 빼고 새로운 컨셉으로 무장하도록. 민 PD가 워낙 노련하니까 잘하겠지만 절대 방심하지 말란 말이야!"

<br>

*            *            *

<br>

김가을은 제주도로 향하는 비행기를 탄 채 눈을 감았다.

'그녀의 연인'.

예능 프로그램을 촬영하기 위해 비행기를 탄 그녀의 마음은 그리 밝지 않았다.

가급적 예능 프로그램에 참여하지 않았다.

미의 여신.

오직 스크린에서만 활동하면서 국민들에게 미의 여신으로 불리는 그녀였기에 웃고 떠들면서 항상 웃음을 짓고 있어야 하는 예능 프로그램에는 가급적 출연을 사양했다.

JYN의 대단한 도전에 참여한 것은 오직 강태산 때문이었다.

그에 대한 환상과 만남에 대한 설렘.

그리고 그의 경기를 직접 볼 수 있다는 기대감 때문에 참여를 결정했을 뿐 다른 목적은 하나도 없었다.

탑 엔터테인먼트의 사장 황병석이 그녀를 헐레벌떡 찾아온 것은 20일 전이었다.

그의 얼굴은 시커멓게 죽어 있었다.

들어오자마자 죽는 시늉을 했다.

그러고는 다짜고짜 이번에 새롭게 시작하는 예능 프로그램 '그녀의 연인'에 출연해 달라고 사정했다.

정말 기가 막힌 일이었다.

배우가 예능 프로그램에 출연하면 안 된다고 방방 뜨던 사람이었다.

최고의 영화배우로서의 이미지를 훼손시키지 않기 위해 누구보다 자신의 예능 프로그램 출연을 반대해 온 사람이 바로 황병석 사장이었다.

그는 소속 연예인들의 특성을 면밀히 분석하고 하나하나 체크할 정도로 탁월한 관리 능력을 보이며 황 엔터테인먼트를 국내 톱3의 기획사로 성장시켰다.

더군다나 방송 촬영 일자는 그녀의 파리영화제 참석 일자와 겹치는 날이었다.

현재 개봉을 앞두고 있는 출연작 '어느 날 오후'가 파리영화제에 초청되었는데 그건 벌써 한 달 전에 잡힌 일정이었다.

그러나 황병석은 그런 모든 것들을 젖혀두고 김가을이 '그녀의 연인'에 출연해야 된다며 간절한 표정을 지었다.

"왜죠?"

"TCN에서 요청이 왔어."

"안 된다고 하지 그랬어요."

"탑에서 왔다. 네가 출연하지 않는다면 TCN은 앞으로 우리 회사 연예인들을 전부 퇴출시키겠다는 협박을 하더라."

황병석이 엄지손가락을 치켜세우며 한숨을 내리 쉬었다.

그가 말한 사람이 누구일까.

사장? 아니면 오너?

어쨌든 그 누가 되던 황병석이 겁을 집어먹은 건 사실인 것 같았다.

황병석처럼 배포가 큰 사람이 겁을 집어먹을 정도였다면 TCN의 협박이 결코 장난이 아니란 뜻이다.

연예 기획사는 방송사의 밥이다.

더군다나 TCN 같은 거대 방송사라면 자다가도 벌떡 일어나 절을 해야 할 정도로 절대적인 영향력을 가지고 있다.

어느 정도 황병석의 처지가 이해가 되었다.

그럼에도 김가을은 수긍할 수 없었다.

지금까지 출연을 미끼로 방송사가 이렇듯 협박을 해온 적은 한 번도 없었기 때문이었다.

고집을 부릴 수도 있었지만 그렇게 하지 않았다.

어떤 이유가 되었든 자신의 고집으로 인해 수많은 소속사 연예인들의 밥줄이 끊긴다는 것은 절대 원하지 않는 일이었다.

그렇게 그녀는 제주행 비행기를 탔다.

'그녀의 연인'.

민윤식이 기획을 했다고 하더니 재미있는 컨셉을 가진 프로그램이었다.

간단하게 말해서 유명한 여자 연예인들을 출연시켜 남자들과 미팅을 시킨다는 것이 프로그램의 주 내용이었다.

물론 그 와중에 재미있는 에피소드들이 양념으로 듬뿍 담기고 시청자들의 이목을 끄는 내용들이 채워질 것이다.

삼 일간의 데이트.

그 후 두 남녀는 사랑의 종이 있는 곳에서 서로의 마음을 확인한다.

어찌 보면 시청자를 우롱하는 프로그램으로 여겨질 수도 있었다.

여자 연예인들이 누구란 말인가.

화면에서 활동하는 여자들은 산전, 수전, 공중전까지 치르며 온갖 경험을 다 한 사람들이었다.

대본이 주어질 것이고 그대로 책 읽듯이 하다가 내려올 수도 있다.

그것도 아니면 마치 사귈 것처럼 행동하다가 프로그램이 끝나면 언제 그랬냐는 듯 돌아설 수도 있을 것이다.

사랑은 단 한 번에 찾아오는 것이 아니다.

그것은 여자 연예인들도 마찬가지기 때문에 프로그램은 단순한 흥미 위주로 진행될 가능성이 컸다.

실제로 황병석은 그녀에게 그렇게 주문했다.

휴가를 간다는 셈 치고 적당히 방송사에서 하자는 대로 하다가 돌아오면 된다고 그녀를 달랬다.

운명적인 사랑?

피식… 웃음이 나왔다.

어떤 사람이 와도 그녀에게는 운명적인 사랑이 시작될 것 같지 않았다.

제2장
**그녀의 연인 II**

제주도에 도착해서 출구로 가는 동안 수많은 사람들의 시선이 따라왔다.

물론 그 시선은 비행기에서도 마찬가지였고 탑승을 하기 전 대기실에서도 부담스러울 만큼 많이 받았던 것들이었다.

대한민국 최고의 여배우.

평범한 사람들에게는 그 타이틀을 가진 그녀가 동물원의 원숭이처럼 신기한 모양이었다.

사람들의 사인 공세를 간신히 벗어나서 공항을 나오자 '그녀의 연인'이란 로고가 새겨진 리무진이 그녀를 기다리고 있었다.

그녀가 한번 움직이면 매니저를 포함해서 최소 다섯 명의 스태프가 움직인다.

화장은 물론이고 옷을 다듬는 미용사와 코디들이 전용으로 따라다니기 때문이다.

방송사 AD의 안내로 그녀가 간 곳은 파라다이스호텔이었다.

이 프로그램은 특이하게 사전 미팅이 한 번도 없었기에 호텔에 도착한 그녀는 마중 나온 민윤식을 향해 코를 찡그렸다.

그녀만의 불만 표시였지만 그럼에도 김가을의 미모는 조금도 퇴색되지 않았다.

"가을 씨, 오느라고 수고했어요."

"민 PD님 안녕하세요. 프로그램 준비하시느라 고생이 많았나 봐요. 얼굴이 거칠어졌어요."

"그래도 나를 걱정해 주는 건 가을 씨밖에 없군요. 자, 들어갈까요?"

의향을 물었지만 대답을 원한 건 아니었다.

민윤식은 먼저 파라다이스호텔 커피숍으로 그녀를 안내했는데 거기에는 이미 수많은 방송 스태프들이 촬영 준비를 마치고 기다리는 중이었다.

김가을을 자리에 앉힌 민윤식의 얼굴에서 어색한 웃음이

흘렀다.

그 역시 이런 방송은 처음이다.

출연자에게 아무런 사전 정보조차 주지 않고 무작정 오게
만들었으니 김가을의 심기가 불편한 것은 당연한 일일 것이
다.

그럼에도 김가을은 코만 찡긋했을 뿐 거기에 대해서 더 이
상 아무런 말이 없었다.

역시 여우다.

대한민국 최고의 여배우란 타이틀은 그냥 얻어지는 게 아
니라는 생각이 들 정도로 김가을은 침착한 표정을 지우지 않
았다.

"일단 커피 한잔할까요?"

"고마워요. 그렇지 않아도 아침 일찍 출발해서 모닝커피조
차 못 마셨거든요."

"미안해요. 너무 서둘러서 고생하게 만들었네요."

민윤식이 사인을 보내자 스태프 중 하나가 뛰어가는 것이
보였다.

역시 베테랑들이다.

뭐라 말하지 않아도 척척 움직인다는 건 그만큼 팀워크가
잘 짜여 있다는 뜻이다.

커피를 가져온 종업원이 돌아가자 민윤식의 입이 슬그머니

열렸다.

"가을 씨, 우리 프로그램 컨셉은 들었죠?"

"예, 들었어요. 하지만 어떻게 진행되는지는 아무것도 몰라요. PD님이 가르쳐 주지 말라고 그랬다면서요."

"하하, 누가 그런 걸 다 고자질했나요."

"어머, 그렇게 눈을 부릅뜨시면 말 못 하죠. 무섭잖아요."

"저 무척 부드러운 사람입니다. 섬세하기도 하고요. 절대 폭력은 휘두르지 않습니다. 다만, 몇 군데 부러뜨릴 뿐이죠."

"호호, 대단하세요."

"그럼 지금부터 촬영 일정에 대해서 말씀드릴게요. 우리 프로그램은 정해진 대본도 없고 스케줄도 없어요."

"정말요?"

"우리 촬영 팀은 가을 씨가 움직이는 대로 따라갈 거예요. 자연스럽게."

"제가 어딜 가는데요?"

"미션이 있습니다. 그 미션에 따라서 움직이면 돼요."

민윤식의 설명은 정말 간단했다.

미션을 따라 움직여 운명의 남자를 찾는 과정을 찍겠다는 것이었다.

김가을은 민윤식의 설명을 듣고 자신도 모르게 한숨을 길게 흘려냈다.

그녀의 소속사 사장인 황병석은 방송사가 준비한 남자와 함께 이틀 정도 같이 다니면서 가볍게 데이트를 즐기다 오면 된다고 했는데 이건 들었던 것과 전혀 달랐다.

남자를 찾아야 한다고?

처음부터 마음에 들지 않았던 촬영이었다.

그럼에도 촬영을 결심한 것은 방송사의 협박에 사장의 얼굴이 허옇게 질려 있었기도 했지만 그녀가 거부하는 순간 수많은 소속사 연예인들의 밥줄이 끊어질지도 모른다는 상황 때문이었다.

그런데 방송사는 마치 그녀를 사랑하지 못해서 환장한 여자로 만들려는 것 같았다.

거부감이 목에까지 차올랐으나 길게 한숨을 흘려낸 김가을은 민윤식의 나머지 설명을 들으며 고개를 끄덕였다.

오늘 일정은 남자를 찾는 것이고 남은 이틀 동안은 그 남자와 데이트를 한다는 것이었다.

그리고 마지막 날 서로의 마음을 확인하는 과정이 있다고 했다.

뻔한 스토리.

산뜻한 컨셉의 프로그램이었으나 마지막 과정은 그동안 수없이 해왔던 미팅 프로그램과 다를 바가 없었다.

그럼에도 김가을은 알았다는 듯 고개를 끄덕였다.

어차피 출연을 결심한 이상 방송사의 눈 밖에 나지 않도록 최선을 다해주는 것이 소속사를 위해서도, 그녀를 위해서도 바람직한 일이었다.

촬영이 시작되고 그녀에게 떨어진 미션은 장미가 가득한 장소를 찾아가라는 것이었다.

장미가 가득한 장소?

제주도는 섬이지만 하나의 거대한 자치단체를 구성할 만큼 커다란 면적을 가진 곳이었다.

그런 곳에서 장미가 가득한 곳을 찾아가라니 정말 하품이 날 일이었다.

그럼에도 그녀는 제작진이 미션 종이를 주자 방긋 웃으며 카메라를 향해 입을 열었다.

김가을의 모습은 매력 그 자체였다.

"어머, 장미가 많은 곳에 그분이 있나 봐요. 벌써부터 떨리는데요. 걱정도 되고 설레기도 해요. 하지만 먼저 장미가 많은 곳을 찾아야 할 테니 얼른 일어나 봐야겠어요."

그녀의 오프닝 멘트에 민윤식은 만족스러운 웃음을 지었다.

역시 영화배우다.

아무런 대본도 주지 않았는데 김가을은 천연덕스럽게 오프

닝 멘트를 열고 자리에서 일어나 사람들을 향해 움직였다.

그녀가 먼저 간 곳은 호텔 커피숍의 카운터였다.

카운터에는 예쁘장한 아가씨가 자리를 지키고 있다가 김가을이 다가오자 벌떡 자리에서 일어났다.

놀라는 모습.

그녀가 놀란 것은 김가을뿐만 아니라 수많은 스태프들이 카메라를 들고 따랐기 때문일 것이다.

역시 좋다.

생생하게 흘러나오는 살아 있는 표정.

역시 예상한 대로 사람들의 반응은 생동적이었고 자연스러웠다.

놀라는 그녀를 향해 김가을이 인사를 했다.

"안녕하세요. 저는 영화배우 김가을이에요. 아시죠?"

"그럼요. 저 언니 무척 좋아해요."

"호호, 고마워요. 급해서 그런데 혹시 뭐 하나 물어봐도 될까요?"

"예, 말씀하세요."

"제주도에 장미가 많은 곳을 찾아가야 해요. 장미가 많은 곳을 아세요?"

"글쎄요. 저도 제주도에 온 지 얼마 안 돼서……. 아, 저기 호텔 정문 쪽에 가면 제주도 관광을 안내해 주는 곳이 있어요. 거기라면 알 수 있을 거예요."

"고마워요. 행복한 하루 되세요."

김가을이 카운터 여직원에게 인사를 하고 그녀가 가르쳐 준 곳을 향해 다가갔다. 관광 안내소라고 생각했지만 그녀가 가르쳐 준 곳은 호텔 프런트였다.

거기서 김가을은 장미가 많은 곳이 어딘지 알았다.

장미가 많은 곳은 호텔에서 30분 정도 떨어진 메이즈랜드를 말하는 것이었다.

방송사에서 준비해 놓은 리무진을 타고 메이즈랜드로 향했다.

다행이다.

바로 알 수 있었으니 오늘 일정은 생각보다 훨씬 빠르게 끝날 것 같았다.

하지만 그녀의 판단은 메이즈랜드에 도착해서 한동안 돌아다닌 후에 잘못된 것이란 걸 알았다.

장미공원.

수많은 장미들이 심어져 있는 공원은 천국을 보는 것처럼 아름다웠다.

빨갛고 하얀 장미. 분홍빛과 노랑이 물든 정원.

처음에는 온통 장미로 물결치는 공원을 바라보며 그 아름다움에 감탄사를 터뜨렸다.

그런 그녀의 모습을 카메라가 연신 화면에 담았다.

기대하지 않았으나 막상 남자를 만난다는 사실이 눈앞으로 다가오자 조금 긴장이 되었다.

관심이 없어도 앞으로 삼 일을 같이 있어야 되는 사람이었다.

이왕이면 괜찮은 사람이면 좋겠다는 생각이 들었다.

전혀 아닌 사람과 오랜 시간을 같이 있는 건 고역이었으니 성격이 밝은 사람이 나타나기를 기대했다.

하지만, 공원에 도착해서 한 시간이 지나도록 남자는 나타나지 않았다.

다리가 아파왔다.

촬영 팀이 화면에 담을 수 있도록 장미로 가득 찬 공원을 계속 걸어 다녔더니 다리가 뻐근하게 아팠다.

전혀 예상하지 못한 일이 벌어진 것은 아픈 다리를 쉬기 위해 벤치에 잠깐 앉았을 때였다.

다가온 사람은 관람객으로 보이는 여학생이었다.

"안녕하세요. 이 메모를 어떤 분이 언니한테 전해주라고 했어요."

"누가요?"

"저도 모르는 분이었어요. 메모를 전해주면 아실 거라던데요."

얼떨결에 고맙다는 인사를 하고 메모를 받아 든 김가을은 천천히 접힌 종이를 열었다.

자신도 모르게 슬쩍 입술을 깨물었다.

—공원의 장미가 참 아름답죠. 가을 씨가 장미를 닮았다고 생각했어요. 그래서 이 공원을 보여 드리고 싶었습니다. 벌써 점심시간이네요. 제가 맛있는 가재 요릿집을 알아놨어요. 서귀포 쪽으로 20분 정도 오시면 신화라는 가게가 나올 겁니다. 그쪽으로 와주세요.

어이가 없었지만 방긋 웃었다.

카메라가 돌아가는 이상 최대한 아름다운 모습을 유지해야 했다.

혼자 웃고 혼자 말한다.

그녀는 지금의 상황을 중계하듯 카메라 앞에서 말하며 자리에서 일어나 다음 장소로 출발하기 위해 차로 걸어갔다.

남자가 알려준 신화라는 가게는 이탈리아풍으로 만들어진 고급 레스토랑이었다.

김가을이 신화로 들어가자 기다렸다는 듯 지배인이 다가와 그녀를 창가의 자리로 안내해 주었다.

이미 그곳에는 가재 요리가 먹기 좋게 준비되어 있었는데

진홍색 와인까지 따라져 있었다.

먹기 아까울 정도로 화려하다.

더군다나 여자의 마음을 홀릴 정도로 아름답게 치장된 실내 장식과 어울리자 저절로 군침이 돌았다.

시계를 흘깃 보니 벌써 1시가 다 돼가고 있었다.

"정말 매력적인 분이시네요. 이렇게 맛있는 음식을 준비해 놓았을 줄 몰랐어요……. 그런데 여기 메모가 있어요."

김가을이 카메라에 대고 이야기를 하다가 와인 잔 밑에 깔려 있는 메모지를 확인하고 종이를 폈다.

그리고는 천천히 읽었다.

"이곳은 저의 추억이 깃들어 있는 레스토랑입니다. 가을 씨가 조금이라도 저의 추억 속에 함께 있기를 바라며 준비해 놓았습니다. 맛있게 드시고 깎아지른 절벽 넘어 바다가 보이는 곳으로 와주시기 바랍니다."

으……

또다시 아니라고 한다.

도대체 어떤 남자기에 이렇게 비싸게 구는 걸까.

살짝 고개를 흔들었다.

신비한 남자라는 컨셉은 방송국에서 만들어놓은 것이겠지.

프로그램에서는 남자를 찾아가는 자신의 모습을 화면에 담아서 시청자에게 보여주길 원하는 게 분명했다.

가재 요리를 먹으면서 주절주절 많은 말들을 했다.

가재 요리의 고소함과 함께 마련되어 있던 샐러드의 신선함을 칭찬했고 와인의 산뜻한 맛도 여과 없이 떠들었다.

방송에서 원하는 것이 그런 것이라면 따라줄 생각이었다.

음식을 모두 먹고 자리에서 일어났다.

깎아지른 절벽 넘어 보이는 바다는 김가을도 아는 곳이다.

중문에 있는 주상절리대.

그 옛날 꿈 많던 고등학교 시절 수학여행을 와봤기에 생생하게 기억하던 곳.

주상절리대에서 바라봤던 바다와 푸른 하늘은 그녀에게 아름다운 추억을 만들어주었다.


주상절리대의 산책로에 서서 끝없이 펼쳐진 하늘과 바다를 바라보았다.

잠시 동안 아무런 생각도 들지 않았다.

지금 그녀가 있는 곳.

주변에는 수많은 스태프들이 그녀의 모습을 찍고 있었지만 그녀는 바다를 바라보며 쉼 없이 달려왔던 지난날들을 되새겼다.

불행하게 돌아가신 엄마.

아버지의 바람기로 인해 엄마는 많은 날들을 고민과 고통

속에서 숨 쉬다가 거짓말처럼 잠이 들었다.

엄마를 잃어버린 후 대한민국 최고의 영화배우로 성장하기까지 그녀 역시 고통 속에서 살아왔다.

홀로 역경을 뚫고 살아온 인생.

그리 길지는 않았지만 돌아보면 모든 것이 꿈만 같았다.

말없이 바다를 바라보는 그녀의 모습은 그 자체로 한 폭의 풍경화와 같은 것이었다.

그랬기에 촬영 팀은 정신없이 주변을 맴돌며 그녀의 모습을 화면에 담았다.

이번에도 남자는 나타나지 않았다.

도대체 뭘까?

주상절리대에서 돌아 나온 김가을은 자신의 손목시계를 바라보았다.

벌써 시간은 4시를 넘고 있었다.

10시에 촬영을 시작했으니 여섯 시간이나 흘렀는데도 남자는 나타날 생각을 하지 않았다.

피곤했다.

너무 많이 걸었더니 다리도 아팠고 촬영하면서 긴장한 탓인지 자꾸만 표정이 굳어졌다.

주상절리대에서 나와 민윤식에게 졸랐다.

너무 피곤하니까 근처에서 잠시 쉬었다가 갔으면 좋겠다고 요구했다.

민윤식은 의외로 선선히 그녀의 제안을 받아들였다.

촬영 도중 배우가 쉬자고 요구하는 것은 금기 중의 하나였으나 이 정도의 강행군이라면 이해가 될 만도 했다.

민윤식의 제의로 가까운 중문의 신라호텔로 자리를 옮겼다.

호텔 커피숍에서 잠시 쉬었다가 나머지 촬영을 하자는 제의였다.

하지만, 그의 제의는 곧 거짓으로 나타났다.

민윤식은 그녀 혼자 커피숍의 창가에 앉게 만든 후 부지런히 카메라를 돌렸던 것이다.

이상했으나 김가을은 커피숍에 들어가 최대한 편한 자세로 다리를 뻗었다.

그것 역시 프로그램의 컨셉이라는 생각에 그녀는 피곤한 다리를 열심히 주무르면서도 카메라의 앵글에 시선을 맞추는 걸 게을리하지 않았다.

커피가 나왔고 창밖으로 보이는 바다를 바라보았다.

주상절리대에서 본 바다와 또 다르다.

아름다운 호텔의 전경과 섞여서 보이는 바다는 외국의 바다를 보는 것처럼 색다른 모습을 드러내고 있었다.

열심히 바다를 바라보던 김가을은 뭔가 이상한 느낌에 시선을 돌렸다.

촬영하면서 간간히 들리던 소음이 어느샌가 그쳐 있었던 것이다.

무심하게 돌리던 시선이 멈추었다.

출입문 쪽에서 다가오는 남자.

검은색 정장에 이탈리안 와이셔츠를 받쳐 입은 남자가 장미꽃 한 송이를 한 손에 든 채 그녀를 향해 한 걸음 한 걸음 다가오고 있었다.

아……. 이럴 수가.

너무 어이가 없어 잠시 동안 아무런 행동도 하지 못했다.

그리고 몸이 경직되었다.

얼마나 시간이 지났을까.

영원처럼 길게 느껴졌던 시간이 지난 후 멈추었던 사고가 다시 돌아오자 그가 손에 들고 있는 장미가 눈으로 들어왔다.

뭐지? 뭘까?

저 남자가 왜 여기로 들어오는 거지?

자신도 모르게 의자에 올려놓았던 다리를 내려놓고 그를 멍하니 바라봤다.

남자는 끝없이 그녀를 향해 다가오고 있었다.

그런 후 결국 그녀의 앞에 서며 부드럽게 입을 열었다.

"안녕하세요. 김가을 씨!"

"네? 예, 안녕하세요."

"우리 오랜만에 만나는 거죠?"

"그러네요. 그런데 여긴 어떻게……."

말을 하던 김가을의 얼굴이 점점 노랗게 변해갔다.

혹시.

강태산의 얼굴에 들어 있는 웃음을 확인한 김가을이 자리에서 벌떡 일어났다.

그런 후 떠듬거리는 목소리로 물었다.

우연이라고 볼 수 없었다.

세계에서 가장 유명한 남자가 촬영장에 갑자기 나타난 것에 대한 충격으로 이성이 잠깐 마비되었지만 현명한 그녀는 금방 상황을 파악할 수 있었다.

그럼에도 너무 충격적이라 확신하기가 어려워 그녀의 목소리는 떨려 나왔다.

"오늘 나오시기로 한 분이 강태산 선수예요?"

"그렇습니다. 제가 가을 씨가 기다리던 그 사람입니다."

"아……."

그의 대답을 들은 김가을의 입에서 탄성이 새어 나왔다.

제작진이 아무런 언급을 해주지 않는 것을 탓하며 마음속으로 계속해서 불만이 쌓여가는 상태였다.

대한민국 최고의 여배우를 상대로 놀리듯 숨바꼭질을 하게 만들었으니 기분이 점점 가라앉아 가고 있었다.

하지만, 지금 이 순간.

그런 생각은 강태산이 나타나면서 순식간에 우주 저 멀리 날아가 버렸다.

세상에 강태산이라니.

놀란 눈으로 아무런 행동도 하지 못할 때 강태산은 자연스러운 몸짓으로 들고 있던 장미를 내밀었다.

"이 장미는 가을 씨와 어울릴 것 같아서 준비했습니다. 받아주시겠습니까?"

"고마워요."

얼떨결에 장미를 받은 김가을이 자신도 모르게 꽃을 코로 가져갔다.

한 송이의 장미에서 피어난 향기가 그녀의 코를 자극하며 은은한 감성을 불러일으켰다.


두 사람이 만나는 장면을 찍느라 제작진은 정신없이 움직였으나 김가을의 눈은 앞에 앉아 있는 강태산에게서 잠시도 떨어지지 않았다.

자신도 모르게 가슴이 떨렸고 갈수록 머리가 멍해졌다.

직접 눈으로 보면서도 믿어지지 않는다.

그녀의 이상형.

그랬기에 그 먼 뉴욕까지 따라가서 자신의 마음을 확인하기까지 하게 만든 사람이었다.

돌아와서 한동안 아파해야 했다.

눈길조차 주지 않는 그를 생각하며 자존심에 상처 입은 가슴을 부여잡고 괴로운 시간을 보내야 했다.

야수 같은 남자.

경기를 하면서 보여주었던 그 폭발적인 야성, 그리고 투지.

그러나 진정 그녀를 설레게 만들었던 것은 옥타곤 밖에서 바라본 강태산의 웃음이었다.

"저를 찾느라 고생 많았죠?"

"다리가 퉁퉁 부었어요. 여섯 시간이나 태산 씨를 만나기 위해 돌아다녔거든요."

"이런, 아름다운 분의 다리를 망가뜨렸으니 제가 많이 혼나야 될 것 같습니다."

"잘생기셨어요."

"예?"

"예전에도 그렇게 생각했지만 지금 보니까 정말 미남이세요."

촬영을 지휘하고 있던 민윤식이 흠칫 놀라는 표정을 지었다. 처음부터 김가을의 표현이 너무 직설적이었기 때문이었다.

하지만, 강태산은 그녀의 칭찬을 들으며 환한 미소만 지었을 뿐이었다.

"가을 씨같이 아름다운 분이 그런 칭찬을 하니까 몸 둘 바를 모르겠네요."

"사실인걸요. 그런데 오늘 일정은 전부 강태산 씨가 준비한 건가요?"

"저기 계신 PD님이 그렇게 해달라고 주문하더군요. 그래서 열심히 준비했는데 고생만 시켜 드린 것 같아요. 미안합니다."

"힘들었지만 좋았어요. 장미공원도 예뻤고 가재 요리도 맛있었어요……."

김가을이 조근조근 오늘 있었던 이야기를 늘어놨다.

그러면서도 그녀의 시선은 강태산에서 떨어질 줄 몰랐다.

민윤식의 오케이 사인이 떨어진 것은 두 사람이 만난 지 한 시간이 지났을 때였다.

그가 촬영을 중단한 것은 충분한 분량을 뽑았다는 뜻이었다.


어쩐 일인지 강태산은 제작진 집행부와의 저녁 식사 장소에 나타나지 않았다.

김가을은 두리번거리며 계속해서 그를 찾았으나 그의 모습은 어디에도 찾을 수 없었다.

왠지 허전하다는 생각을 지우지 못했으나 내일과 모레라는 긴 시간이 있기에 그녀는 민윤식이 던지는 농담을 받으며 즐겁게 식사를 마쳤다.

마치 강태산을 만난 게 별것 아닌 것처럼.

하지만, 그녀는 호텔로 돌아오자 코디를 닦달하기 시작했는데 어울리지 않는 조급함을 숨기지 못했다.

"숙영아, 회사에 전화 좀 해봐."

"왜요?"

"우리 집 비밀번호 가르쳐 주고 옷 좀 가져와 달라고 부탁해."

"옷이요?"

"그래. 옷장을 보면 맨 왼쪽에 있는 거 다 가져오라고 그래. 지금 당장."

저녁을 먹고 들어왔으니 지금 시간은 8시가 넘었다.

소속사의 직원들도 이 시간이면 전부 퇴근했을 것이다.

그렇지만 김가을은 막무가내였다.

"언니, 회사에 아무도 없을 텐데요."

"있을 거야. 항상 몇 사람은 야근하잖아."

"그래도… 시간이. 언니, 갑자기 왜 그러세요. 촬영할 때 입을 옷은 제가 다 챙겨 왔잖아요."

"그것 가지고는 안 돼. 내가 입고 싶은 옷들이 거기에 있어.

그러니까 무슨 수를 쓰든 가져와야 해."

고집을 부리는 김가을을 바라보며 코디인 황숙영이 한숨을 길게 내리쉬었다.

김가을의 옷장에는 수백 벌의 옷들이 진열되어 있었다.

그럼에도 코디인 그녀는 김가을의 옷장에 걸려 있는 옷들에 대해서 속속들이 다 안다.

그것들은 김가을이 연기 생활 십몇 년 동안 마련한 것들이었는데 그 옷들은 대부분 코디인 그녀가 입어보기 힘든 것들이었다.

하지만, 정말 황숙영을 어이없게 만든 것은 김가을이 지목한 왼쪽 옷장에 있는 옷들이었다.

거기에는 수많은 옷들 중에서 단 열 벌만이 별도로 관리되고 있었다.

김가을이 가장 중요한 행사에만 입고 나가는 그 옷들은 기성 매장에서 판매되는 것이 아니라 대한민국에서 가장 유명한 디자이너들이 직접 제작한 것이었고 그중에는 이태리 최고의 디자이너인 코엘료와 미국의 차세대 에이스라 불리는 존 홉킨스의 작품도 포함되어 있었다.

도대체 무슨 생각인 걸까.

더군다나 한 벌이 아니라 모두 공수해 달라는 김가을의 표정은 진심을 넘어 간절함이 담겨 있는 것이었다.

다행스럽게 회사에는 직원들이 남아 있어 부탁을 할 수 있었다.

그러나 옷은 내일 아침이나 되어야 도착하게 될 것이다.

아무리 노력해도 오늘 밤에 도착하기에는 시간이 부족했기 때문이었다.

옷을 공수해 오는 문제가 풀리자 김가을은 이제 미용사를 괴롭히기 시작했다.

요즘 들어 제대로 머리 관리를 하지 못했다며 그녀는 거의 두 시간 동안이나 미용사를 들들 볶았다.

\*　　　\*　　　\*

아침 식사는 호텔에서 간단한 뷔페로 해결했는데 그때도 강태산은 모습을 보이지 않았다.

슬쩍 묻자 민윤식은 고개만 흔들었다.

자신도 그가 어디에 묵는지 모른다는 말뿐이었다.

하긴 이해도 간다.

만약 그가 제주도에 있다는 소문이 난다면 수많은 기자들이 벌 떼처럼 몰려들 테니 말이다.

김가을이 강태산을 다시 만난 것은 다음 날 10시 무렵이었다.

그녀는 새로 공수해 온 분홍색 원피스를 입고 있었는데 이탈리아 디자이너가 직접 한 땀 한 땀 정성들여 만든 명품이었다.

옷이 날개라더니 그녀의 모습은 천사를 보는 것 같았다.

분홍색 원피스를 입은 그녀가 엘리베이터에서 내려 커피숍까지 걸어갈 동안 모든 사람들은 동작을 멈추고 정신을 잃은 것처럼 바라보았다.

반면에 강태산은 어제와 다르게 편한 캐주얼 복장이었다.

그는 멋을 내야 한다는 강박관념 같은 건 아예 생각조차 안 한 것 같았다.

파라다이스호텔 커피숍에서 만난 두 사람은 그때부터 제주도의 관광지를 돌아다니며 데이트를 즐겼다.

물론 카메라가 밀착되어 따라다녔기 때문에 둘만의 오붓한 데이트는 아니었다.

그럼에도 김가을은 어린아이처럼 좋아했다.

강태산이 전하는 말 하나하나에 하얀 이를 드러내며 웃음을 지었고 그의 안내를 받으며 걸을 때마다 발걸음은 한없이 가벼웠다.

많은 이야기들을 나눴다.

처음에는 격식을 차려가며 관광지에 관한 것들과 주변 풍광에 대한 것들이 화제였으나 시간이 지나고 마지막 날이 되자 김가을은 가족 관계는 물론이고 고향과 취미 등 개인 신상에 관한 질문들에 초점을 맞췄다.

그녀는 호구조사 나온 동사무소 직원처럼 꼬치꼬치 캐물었는데 강태산에 대해서는 모든 것을 알아야 직성이 풀릴 사람처럼 적극적이었다.

신이 난 것은 민윤식이었다.

신비의 남자 강태산.

현재 세계를 들었다 놨다 하는 슈퍼스타에 대한 궁금증은 대한민국 국민이라면 모두에게 해당되는 것이었으니 할 수만 있다면 당장에라도 달려가 김가을의 머리를 쓰다듬어 주고 싶을 정도였다.

촬영 스케줄상 이제 남은 곳은 쉬리의 언덕뿐이었다.

이틀 동안 일곱 군데를 돌아다녔기 때문에 피곤할 만도 하련만 김가을은 생생한 모습으로 강태산에게 연신 질문을 퍼부었다.

"그럼 지금은 혼자 사시는 거네요?"

"그렇습니다."

"어디 사세요?"

"양재 쪽입니다."

"아, 저희 집은 서초동이에요. 양재하고는 무척 가깝죠. 만약 우리가 사귄다면 데이트하기 좋을 것 같아요. 집이 가까워서."

"하하, 그렇군요."

"아파트인가요?"

"저는 오피스텔에 살고 있습니다. 평수가 작지만 혼자 지내기에는 충분해요."

"돈 많이 버시잖아요. 그런데 왜… 정말 번 돈을 불우한 사람들한테 다 나눠준 거예요?"

"약속을 했으니 지켜야죠."

"얼마나 기부하셨는데요?"

"쑥스럽게 그런 걸 묻고 그러십니까."

"궁금해서 그렇죠. 가르쳐 주세요. 착한 일은 널리 알려야 되는 거라고요. 그러니까 말해줘요. 얼마나 기부하셨어요?"

"지금까지 200억 정도 됩니다. 주로 소년 소녀 가장들과 불우한 노인들을 위해 썼어요."

"우와……."

강태산의 말을 들은 김가을의 입이 쩌억 벌어졌다.

하지만 그것은 촬영을 위해 모여 있던 삼십여 명의 스태프들도 마찬가지였다.

텔레비전에 출연했을 때 불우한 사람들에게 쓰겠다고 약속했다는 말을 들은 적이 있지만 강태산이 정말 그렇게 할 거라 생각한 사람은 별로 없었다.

200억.

정말 입이 떡 벌어질 정도로 큰 금액이었다.

사람들의 시선은 괴물을 보는 것 같았다.

남들을 돕는다는 것은 여유가 있을 때 가능한 일이라 생각했던 김가을과 스태프들은 강태산이 사람으로 보이지 않는 모양이었다.

먼저 정신을 차린 것은 김가을이었다.

"정말 많은 돈이네요. 궁금해서 그러는데 강태산 씨 재산은 얼마나 되요?"

"점점 대답하기 곤란한 질문을 하시는군요?"

"재산이 얼마나 되는지 알아야 나중에 결정할 때 참고를 하죠."

"돈 없으면 불리하겠네요?"

"아마 그럴걸요."

"그럼 전 안되겠군요. 제 재산은 오피스텔 전세금이 다거든요."

"엑, 뭐예요!"

"역시 안 되겠죠?"

"도대체 장가는 어떻게 가려고 그래요?"

"음……. 돈 많은 여자한테 가면 되지 않을까요?"

"아이고, 못 살아."

뻔뻔한 얼굴로 강태산이 바라보자 김가을이 손으로 얼굴을 감싸고 흔들었다.

도대체 이 사람은 머리 구조가 어떻게 된 건지 전혀 이해가
되지 않았다.

물론 엄청난 스타였으니 돈을 버는 것은 손바닥 뒤집는 것
보다 쉬울 것이다.

그러나 아무리 그렇다 해도 자신을 위해 쓸 돈조차 남기지
않고 기부를 한다는 것은 절대 정상으로 볼 수 없는 일이었
다.

\*          \*          \*

이제 촬영은 마지막 장면만을 남겨놓고 있었다.

한림공원에서 촬영을 할 때 김가을은 강태산과 울창하게
우거진 열대수 사이를 걸으며 자연스럽게 손을 잡았다.

여자가 먼저 손을 잡는 건 부끄럽다는 생각이 들었으나 그
녀는 과감하게 장난처럼 강태산의 손에 자신의 손가락을 끼었
다.

따뜻했다.

세계 최강 전사의 손이라고는 여겨지지 않을 만큼 그의 손
은 부드러웠고 따뜻했다.

다행스럽게 강태산은 그녀의 손을 빼지 않았다.

자연스러운 배려.

그녀가 먼저 손을 뺄 때까지 강태산은 그녀의 손을 잡고 동화 속에서나 나올 법한 길을 따라 천천히 걸어갔다.

마지막 촬영은 영화에서도 나왔던 쉬리의 언덕이었다.

이제 그곳으로 가면 서로의 마음을 확인하는 행사가 벌어질 것이다.

한림공원에서 나와 차를 타고 이동하는 순간부터 가슴이 미칠 듯이 뛰기 시작했다.

처음 프로그램에 출연을 결심했을 때 그녀는 절대 장난 같은 짓에 놀아나지 않겠다고 다짐했었다.

괜히 프로그램을 살리겠다며 어영부영 다시 만나겠다는 버튼을 눌렀을 경우 발생할 스캔들과 언론 보도가 싫었기 때문이었다.

하지만… 상황이 거짓말처럼 바뀌고 말았다.

장난같이 한심한 일.

그 어이없는 일에 그녀가 빠져들 줄은 꿈에도 생각하지 못했다.


쉬리의 언덕은 신라호텔의 정원에 설치되어 있는 곳으로 그 옛날 '쉬리'라는 영화의 엔딩 장면을 찍은 장소였다.

워낙 영화가 히트를 치면서 관광 명소가 되었는데 저녁놀이 펼쳐지는 장면은 장관으로 꼽힌다.

그 쉬리의 언덕에 세트가 마련되기 시작한 것은 이른 오전부터였다.

규모는 그리 크지 않았으나 '그녀의 연인'팀은 최대한 무대를 아름답게 치장했기 때문에 쉬리의 언덕과 더없이 잘 어울렸다.

민윤식은 완료된 엔딩 세트를 보면서 만족스러운 웃음을 지었다.

그가 이곳에 도착한 것은 30분 전.

세트는 생각보다 훨씬 훌륭했다.

엔딩 촬영 시간은 5시에 시작되는 것으로 계획했는데 가장 아름다운 장면을 연출하기 위해 저녁놀이 펼쳐지는 시간을 택했던 것이다.

이제 주인공들이 오면 새로운 프로그램의 시작은 마무리가 된다.

"올까요?"

"누구 말이냐?"

홍보 담당 최선진이 슬쩍 묻자 민윤식의 얼굴이 살짝 찡그려졌다.

최선진은 그의 대학 후배로 여러 프로그램을 같이 했기 때문에 웬만한 질문에는 그냥 대답이 나갈 정도로 마음이 통하는 사이였지만 민윤식은 반문을 하면서 오히려 궁금하다는 얼굴을 만들었다.

'그녀의 연인' 엔딩 컨셉은 간단했다.

사랑의 만남이라고 명명된 세트에 여자가 나와서 남자를 기다리는 것이었다.

물론 여자도 남자가 마음에 들지 않으면 나오지 않아도 된다.

프로그램의 당초 취지는 남자친구가 없는 유명 여자 연예인들을 섭외해서 로맨스를 만들어주는 것이었기 때문에 주연을 맡은 여자들도 거부권을 행사할 수 있다.

하지만. 방송사에서는 대부분의 여자 출연자들은 나오게 만들 예정이었다.

프로그램을 만들어놓고 맨땅에 헤딩할 수는 없기 때문이었다.

방송사의 요청을 여자 출연자들은 거부하지 못한다.

나중에야 어떻게 되든 방송사에 찍혀서 좋을 것이 없으니 앞으로 출연하는 여자들은 PD의 요청을 받아들일 것이다.

그러나 김가을은 달랐다.

협박까지 하면서 힘들게 섭외를 한 김가을은 그런 제의가 통하지 않을 만큼 위치가 확보된 여자였다.

최선진의 입이 슬그머니 열린 것은 먼저 말해보라는 얼굴로 민윤식이 쳐다보는 걸 확인한 후였다.

"제가 봤을 때 김가을은 올 것 같습니다."

"왜?"

"형님도 보셨잖아요. 걔 얼굴이 강태산과 있을 때 보랏빛으로 변해 있는 거. 아무래도 김가을은 푹 빠진 것 같아요."

"인마, 그래서 네가 장가를 못 가는 거야. 여자의 마음은 갈대처럼 움직이는 법이다. 더군다나 김가을이 오죽 여우냐?"

"그럼 형님은 아니란 말입니까?"

"누가 아니래!"

"어이구. 그럼 뭡니까?"

"내 생각에도 올 확률은 큰 것 같다. 하지만, 확신은 못 하겠어. 첫날을 생각해 봐. 분명 힘들고 괴로웠을 텐데 내색 한 번 안 하고 생글생글 웃었잖아."

"그렇긴 하죠."

"대한민국 최고의 영화배우. 그거 별게 아니라고 생각했는데 걔가 하는 행동을 보고 많이 느꼈다. 톱에 올라선 사람은 뭔가 다르더구만."

"그것 참. 와야 할 텐데……. 그래야 프로그램이 살 거 아닙니까?"

"그러게 말이다."

"만약 김가을이 안 오면 어쩌죠?"

"뭘 어째. 엿 되는 거 아니겠냐. 그게 우리 운명이다 생각해야지 별수 있어?"

"강태산은 어떤 선택을 할까요? 그 친구라도 오면 프로그램이 살 텐데요."

"사실 김가을보다 그 친구가 더 문제야. 걔는 안 올 가능성이 커."

"왜요?"

"대단한 도전에서 강태산은 벌써 김가을을 물 먹인 적이 있어. 내가 알기로는 그때 김가을과 서유경 둘 다 호감을 보였는데 그놈이 안면 몰수를 했다고 하더라."

"혹시 사귀는 사람 있는 거 아닙니까?"

"그 속을 내가 어떻게 알겠냐."

"그렇지 않다면 그럴 리가 없잖아요. 대한민국 최고의 영화배우와 탤런트가 잡아먹어 달라고 애원하는데 생까는 경우가 어디 있답니까. 걔 혹시 격투기 하다가 고자 된 거 아니에요?"

"지랄한다."

"이제 10분 남았네요. 잠깐 자리 좀 비우겠습니다."

"어디 가는데?"

"화장실에 가서 하늘에 대고 기도해야죠. 제발 와달라고!"

\*　　　\*　　　\*

김가을은 스태프들과 함께 호텔을 출발했다.

방송사에서는 공정성을 확보하기 위해선지 남녀 출연자들에게 렌터카를 제공했는데 최고급 승용차라 다섯 명이 탔는데도 공간이 충분했다.

운전을 하고 있는 김가을의 매니저는 얼굴이 퉁퉁 부어 있었다.

그는 촬영하는 동안 김가을의 행동을 보면서 불안함을 숨기지 못했는데 지금까지 한 번도 그녀의 들뜬 모습을 본 적이 없기 때문이었다.

그럼에도 설마설마했다.

사장의 설득에 의해서 간신히 나온 자리였으니 상대가 천하의 강태산이라 해도 엔딩 장면에 나가지 않을 것이라 기대했다.

스캔들은 여배우에게 있어서 독이었다.

영화배우는 무엇보다 연기력이 중요하겠지만 인기의 하락을 만들어내는 건 스캔들보다 무서운 것이 없었다.

더군다나 김가을은 대한민국 모든 남자의 우상이자 연인이었다.

그런 그녀가 강태산을 마음에 두고 나간다는 것은 있어서 안 될 일이었다.

물론 그녀가 강태산 때문에 잠시 동안 괴로워했다는 것을 알지만 그것은 사랑 때문이 아니라 자존심에 상처를 받았기 때문이라 믿었고 시간이 지나며 다 잊었다고 생각했다.

그러나 김가을은 선택의 시간이 되자 조금의 망설임도 없이 호텔을 나섰다.

안 된다는 말을 할 수가 없었다.

만인의 연인인 그녀가 거대 방송사가 준비한 프로그램에서 공공연하게 강태산이 좋다고 마음을 표현하는 건 엄청난 손실을 가져올 수 있다는 말조차 하지 못했다.

그만큼 그녀의 표정은 간절했다.


멀리서 신라호텔이 보이기 시작하자 김가을은 뭔가를 기도하는 사람처럼 두 손을 꼭 쥔 채 눈을 감았다.

지난 삼 일간.

살아오면서 그렇게 행복했던 시간은 그녀의 삶에서 존재하지 않았다.

그것이 무엇 때문인지 너무나 잘 안다.

강태산.

그와 함께 있는 것만으로도 가슴이 정신없이 떨렸다.

사랑은 그런 건가 보다.

아직도 그녀의 가슴속에 들어 있는 것이 사랑이라 확신할

수 없지만 강태산을 바라보면 언제나 시선이 흔들렸고 가슴
이 두근거렸다.

무섭다.

그가 나오지 않을까 봐.

그런 그녀의 마음도 모른 채 승용차는 쉬리의 언덕이 가까
운 주차장으로 들어서고 있었다.

미리 대기하고 있던 제작진이 그녀가 도착하자 죽은 사람
이 살아 돌아온 것처럼 기뻐하며 달려오는 것이 보였다.

"김가을 씨, 이쪽입니다."

그는 아마도 김가을이 오지 않을 수도 있다고 생각했던 모
양이었다.

제작진은 김가을을 안내하면서 정신없이 휴대폰을 눌러 그
녀가 도착했다는 것을 세트 쪽에 알려주고 있었다.

천천히 걸으며 주변을 살폈다.

멀리서 바다가 보이기 시작했고 호텔의 아름다운 정원이 눈
으로 들어왔다.

자존심을 버린 건 오래전의 일이었다.

가슴속에서 그를 원하는 마음이 자리 잡았으니 자존심 같
은 건 생각할 겨를이 없었다.

아름답다.

쉬리의 언덕에는 붉은빛 노을이 현란한 자태를 뽐내며 서서

히 하늘을 물들이고 있었다.

제작진의 안내로 분홍색 문의 뒤에 섰다.

세트에는 유명 MC인 서동렬이 사람들의 흥분을 끌어당기려는 듯 고조된 음성으로 사회를 보고 있었는데 아마 조금 있으면 카운트다운과 함께 그녀의 출연을 알릴 것이다.

저절로 가슴이 떨리기 시작했다.

순간이 영원처럼 느껴지며 그 예뻤던 노을이 어느샌가 눈에서 사라져 갔다.

드디어 카운트다운이 시작된 후 그녀를 가렸던 분홍색 문이 열렸다.

하늘거리는 원피스를 입은 그녀.

순수를 상징한다는 백색의 드레스를 입은 그녀가 분홍색 문을 통해 무대로 들어서자 서동렬이 멘트를 멈추고 넋을 잃었다.

하늘을 가득 채운 노을이 시샘하듯 더욱 붉은색으로 변해 갔다.

그녀는 그만큼 아름다웠다.

"여러분, 김가을 씨가 오셨습니다. 걸어오는 모습이 마치 천사처럼 아름답군요……."

잠시 동안 말을 멈췄던 서동렬이 미친 듯이 떠들기 시작했다.

어떻게 답변을 했는지 알 수 없었다.

김가을의 마음은 온통 반대쪽 파란색 문을 향해 가 있었다.

여자가 나온 후 10분 안에 남자가 나타나지 않으면 그녀는 연인을 찾는 걸 실패하게 된다.

서동렬의 계속되는 질문을 받으며 김가을은 초조하게 시간을 보냈다.

와주기를 바랐다.

진정으로 사랑할 수 있는 사람을 만났으니 이 인연이 그녀에게 축복이 되기를 간절히 기도했다.

드디어 10분이 지나고 김가을에게 질문을 퍼붓던 서동렬이 언제 그랬냐는 듯 파란색 문을 향해 카운트다운을 시작했다.

저절로 두 손이 모아졌다.

나와주세요. 제발.

문이 열렸다. 그녀의 간절한 마음을 비웃기라도 하듯 파란색 문은 잠시의 주저함도 없이 빠르게 열렸다.

그러나 문 뒤에는 아무도 없었다.

텅 빈 공간.

그 공간을 바라보는 김가을의 얼굴이 하얗게 질려갔다.

이럴 수는 없어. 이래서는 안 돼…….

울면 안 되는데 자신도 모르게 스르륵 눈물이 흘러나왔다.

그때 거짓말처럼 텅 빈 공간 속에서 사람이 나타났다.

강태산.

그가 김가을을 향해 한 걸음씩 다가오고 있었다.

*      *      *

TCN 측은 '그녀의 연인' 첫 순서의 주인공이 김가을이라는 사실을 방송 보름 전부터 대대적으로 때렸다.

대한민국을 상징하는 최고의 영화배우가 사랑을 찾아 떠난다는 문구와 함께 김가을의 아름다운 모습을 편집해서 하루에 10번씩 예고 방송을 했다.

그러나, 그 예고 방송이 바뀐 것은 방송 삼 일 전부터였다.

'여신 김가을의 남자. 한번 보면 빠져들 수밖에 없는 마력의 사나이. 그가 온다!'

예고 방송의 카피 문구였다.

처음에는 김가을의 출연을 알리던 예고 방송은 본방송이 다가오자 남자 출연자를 궁금하게 만드는 문구들을 사정없이 때려 시청자의 호기심을 자극하기 시작했던 것이다.

엄미영은 회사에서 돌아와 대학교에 다니는 여동생과 '그녀의 연인' 예고 방송을 보면서 한심하다는 표정을 지었다.

"저거 다 시청률 올리려는 작전이야."

"방송사가 그렇지 뭐. 그래도 궁금하긴 하다. 예고편의 뉘앙스가 이상해. 꼭 뭔가 있을 것 같단 말이지."

여동생이 기대에 찬 표정을 짓자 엄미영의 한심함이 더욱 커졌다.

"바보야, 있긴 뭐가 있겠니. 김가을 같은 애가 어떤 남자를 마음에 두겠어. 저거 뻔한 수작이야. 한껏 애간장을 태우다가 마지막에 가서는 아깝다는 둥 하면서 초를 칠 거야."

"언니는 어째 그렇게 생각이 불건전하냐."

"너도 사회생활 해봐. 사회는 그렇게 만만한 게 아니라고."

"으이구, 언니 말대로 안 되면 어쩔래?"

"내가 오랜만에 네 용돈 5만 원 쏜다. 대신 내 말대로라면 국물도 없어."

"에이, 그러지 말고 그냥 주면 안 돼? 아무래도 언니가 유리한 것 같다."

"싫어."

"이런 짠순이. 내기할 걸 가지고 내기하자고 해야지. 쳇!"

엄미영은 동생이 눈을 흘기는 걸 보면서 함박웃음을 지었다.

대학교 3학년이면 알 만한 건 다 알기 때문인지 동생은 자신이 불리하다는 걸 눈치챈 모양이었다.

드디어 다음 날.

저녁을 먹고 식구들과 함께 텔레비전 앞에 둘러앉은 엄미영은 '그녀의 연인'이 시작되자 텔레비전에 눈을 고정시켰다.

뻔한 수작이라고 생각했지만 흥미가 동하지 않은 건 아니었다.

워낙 산뜻한 컨셉의 프로그램이었기 때문에 재미가 있을 것 같았기 때문이었다.

방송이 시작되고 김가을의 모습이 화면을 가득 채우기 시작했다.

정말 아름답다.

같은 여자인 그녀가 봐도 김가을은 여신처럼 완벽한 미모를 화면에 가득 채우고 있었다.

보면 볼수록 빠져들었다.

최고의 영화배우를 뺑뺑이 돌리며 남자를 찾게 만드는 장면은 신선했고 긴장과 재미를 함께 주었다.

그러던 한순간.

엄미영은 남자가 나타나는 순간 먹고 있던 사과를 든 채 움직임을 멈췄다.

그녀뿐만이 아니었다.

여동생과 엄마까지 강태산이 화면을 채우고 나타나자 입을

떡 벌린 채 움직이지 못했다.

세상에… 강태산이라니!

그때부터 식구들의 시선은 온통 화면 속으로 빨려 들어갔다.

두 사람이 거닐던 공원의 가로수, 아름다운 레스토랑에서의 데이트, 그리고 미술관에서의 모습들.

모든 것이 한 폭의 그림 같았다.

강태산과 김가을은 마치 연인처럼 행동했다.

만난 지 얼마 되지 않았는데도 그들의 모습은 너무나 다정했고 행복해 보였다.

마지막 선택의 순간이 다가오자 식구들은 긴장감이 커져 제대로 침을 삼키지 못할 정도가 되었다.

김가을이 나타나면서 그 긴장은 극으로 치달았는데 더 이상 견디기 힘들었던지 여동생이 두 주먹을 불끈 쥐면서 소리를 질렀다.

"나오지 마. 나오면 안 돼!"

"왜?"

"김가을보다 내가 더 낫다고. 태산 씨는 내 남자야."

"놀고 있네. 넌 아직 졸업도 못 한 애가 그런 말도 안 되는 상상을 하니. 나라면 모를까."

"헐!"

"우씨, 어울리기는 하는데 나도 나오지 않았으면 좋겠다."

엄미영이 입술을 삐죽이며 마지막 순간을 기다렸다.

그런 후 파란 문이 열리며 빈 공간이 나타나자 환호성과 한숨을 동시에 흘려냈다.

기대감과 실망감이 교차된 모습이었다.

그러나 곧 텅 빈 공간에서 강태산이 밝은 웃음을 지으며 걸어 나오자 자신도 모르게 비명처럼 날카로운 소리를 버럭 질렀다.

"안 돼!"

제3장
**보이지 않는 손**

'그녀의 연인' 제작진은 시청자들의 열화와 같은 민원에 엄청난 시달림을 당했다.

강태산이 출연하면 미리 알려줘야 했던 거 아니냐며 프로그램이 뭐 이따위냐란 항의 전화가 폭주했다.

하지만 전화 내용은 항의 전화뿐만이 아니었다.

항의 전화보다 훨씬 더 많았던 것은 바로 열화와 같은 즉시 재방송 요구였다.

'그녀의 연인'의 본방송 당일 시청률은 18%였으나 시청자들의 요청에 의해 재방송되었을 때의 시청률은 무려 32%를 기록했다.

정말 말도 안 되는 일이 생겨 버린 것이다.

본방송보다 재방송의 시청률이 무려 두 배 가까이 나왔다는 사실은 방송국의 역사상 전무후무한 사건이 될 만큼 충격적인 것이었다.

그 원인은 누구나 다 안다. 빗발처럼 쏟아졌던 항의 전화처럼 강태산이 출연한다는 사실이 미리 알려졌다면 본방송 역시 엄청난 시청률을 기록했을 게 뻔했다.

또다시 언론은 몸살을 앓았다.

강태산의 예능 프로그램 출연 자체도 화제가 될 정도였는데 대한민국 최고의 여배우와 짝을 이루자 연예부 기자들은 물론이고 스포츠 기자들까지 김가을과 강태산을 쫓느라 정신이 없었다.

수많은 기사들이 양산되었다.


'아름다운 한 쌍의 하모니. 그들의 웨딩 마치를 기대한다.'
'김가을의 소망, 드디어 이루어지다.'
'강태산의 마력, 여신의 마음을 훔치다.'


갖가지 자극적인 문구들이 신문과 방송사마다 도배되다시피 넘쳐흘렀다.

두 사람이 가진 파괴력.

그것은 대한민국을 뒤흔들어 놓기에 충분하고도 남았다.


강태산과 김가을이 다시 만난 것은 방송이 나간 후 삼 일이 지났을 때였다.

'그녀의 연인' 제작팀은 007 스파이 작전을 방불케 할 정도로 극비리에 두 사람의 만남을 주선했다.

프로그램의 후기를 찍기 위함이었다.

짝을 이루는 데 성공한 커플의 데이트 장면을 별도로 찍어서 다음 방송 도입부에 내보내는 게 프로그램의 컨셉 중 하나였다.

그날의 촬영은 아주 간단했다.

도입 장면을 찍는 것이기 때문에 촬영 팀은 두 사람이 저녁 식사를 위해 만나는 장면부터 식사를 하는 모습만 촬영한 후 즐거운 데이트가 되라는 멘트를 남긴 채 사라졌다.

민윤식의 입장에서는 욕심이 났을 것이다.

워낙 두 사람의 출연으로 시청률이 대박 났기 때문에 제법 많은 분량을 찍고 싶었으나 강태산과의 약속을 지키기 위해서 어쩔 수 없이 아쉬움을 뒤로한 채 철수해야 했다.

강태산은 민윤식이 방송 촬영 마지막 날 통사정을 한 끝에야 30분 정도 할애하겠다고 허락을 했던 것이다.

촬영 팀이 모두 물러나자 두 사람은 그때서야 편안한 마음으로 식사를 할 수 있었다.

먹는 자리에서 카메라가 돌아간다는 건 사람의 마음을 무척 불편하게 만든다.

'그녀의 연인'팀이 섭외한 장소는 압구정에서 유명한 이탈리안 레스토랑이었다.

아름다운 그림을 만들어내기 위해 제작진은 실내 장식이 최고라 불리는 레스토랑을 섭외했는데 코스 요리가 1인당 13만원이나 되는 고급 음식점이었다.

이곳은 연예인들이 데이트하는 데 자주 이용하는 곳으로 모든 자리가 룸으로 형성되었기 때문에 보안이 철저했다.

메인 메뉴인 스테이크가 나오자 김가을이 강태산의 접시를 자신의 앞으로 끌어당겼다.

그녀는 제작진이 모두 물러간 후에야 편안해진 것 같았다.

"내가 해도 돼요."

"아니에요. 제가 잘라 드릴게요."

강태산이 만류했으나 김가을은 고개를 저으며 나이프를 들고 고기를 자르기 시작했다.

그 모습을 강태산이 물끄러미 바라보았다.

정상적이지 않다.

원래 데이트에서는 남자들이 하인을 자처하는 법인데 김가을이 자청해서 스테이크를 자르자 어색한 마음이 들었다.

그럼에도 그 모습이 더없이 예뻤다.

고기를 모두 자른 김가을이 접시를 강태산의 앞으로 밀어놓으며 활짝 미소를 지었다.

"저는 촬영에 익숙하지만 태산 씨는 힘들었을 거예요. 이제 모두 끝났으니까 편하게 드세요."

"고맙습니다."

강태산이 빙그레 미소를 짓자 김가을의 얼굴이 살짝 붉어졌다.

그녀의 입이 다시 열린 것은 자신의 스테이크를 반쯤 잘랐을 때였다.

입은 열었으나 고개를 들지 않은 모습.

"저… 태산 씨한테 물어보고 싶은 게 있어요."

"뭐죠?"

"그때 왜 나오셨어요?"

"언제 말입니까. 선택의 순간 말인가요?"

"네."

"방송에서 말했잖아요. 가을 씨가 너무 예뻐서 나올 수밖에 없었다고."

"저 방송 많이 해봐서 이런 경우에 대해 잘 알아요. 보통 방송사에서 프로그램 인기를 위해 출연자들에게 미리 부탁하

는 경우를 많이 봤거든요. 혹시… 태산 씨도 그런 건가 궁금
했어요."

"절대 아닙니다. 제작진은 저한테 아무런 부탁도 하지 않았
어요. 그때 나온 건 순전히 제 의사였습니다."

"정말이죠?"

"그럼요."

"예뻐서 나왔다는 말… 그거 마음에 들지 않았어요."

"왜요?"

"저는 태산 씨가 다른 이유를 말해주길 기대했거든요."

"하하… 그렇다면 어떤 이유를 듣고 싶었죠?"

"마음이 통했다는 말을 듣고 싶었어요."

김가을이 말을 끝내놓고 또다시 슬그머니 고개를 숙였다.

이상하다.

수많은 사람들 앞에서 연기를 하던 그녀는 강태산의 얼굴
을 똑바로 바라보지 못하고 수시로 고개를 떨궜다.

강태산의 얼굴에서 미소가 흘렀다.

그녀가 이야기하고 싶은 것.

그것이 뭔지 이해가 되었기 때문이었다.

마음이 통한다는 건 사고의 방식과 정서, 성격 등 수많은
것이 일치한다는 걸 의미하는 것이다.

거기에 포함되는 것 중의 하나가 바로 사랑이란 괴물이다.

그랬기에 강태산은 그녀의 붉어진 목을 바라보며 천천히 입을 열었다.

"가을 씨는 착한 사람 같습니다. 많은 시간을 같이 보내지 않았지만 함께하면서 편안했어요. 지금 다시 말할게요. 가을 씨를 선택한 이유는 행복하다는 마음 때문이었습니다. 지금까지 이렇게 저를 행복하게 만든 사람은 가을 씨가 처음이었습니다."

"정말… 인가요?"

"그렇습니다."

"그럼, 저와 사귀실 건가요?"

"가을 씨 생각은 어떠십니까?"

"저는 태산 씨가 좋아요."

"그럼 우리 사귑시다. 하지만, 먼저 알아두어야 할 게 있습니다."

"뭐죠?"

"가을 씨는 격투기 선수 강태산과 사귀는 겁니다. 그리고 나는 가을 씨와 결혼을 하지 않을 겁니다. 그래도 괜찮겠습니까?"

"그게 무슨 말인지 모르겠어요……."

"저는 여러 사람으로 살아가기 때문입니다. 가을 씨가 본 것은 격투기 선수인 강태산일 뿐입니다."

"저는, 설명이… 더 필요해요."

"그 설명은 나중에 가을 씨와 내가 사랑을 하게 된다면 그때 말해 드리죠."

*      *      *

방위청장 유창석은 일식집 '호시'의 특실에 조용하게 앉아 있었다.

그가 이곳에 앉아 있는 것은 김호령의 호출로 인해서였다.

김호령은 전임 공군 참모총장으로 그를 이 자리까지 오르게 만들어준 은인이었다.

수시로 만나는 사이.

김호령이 은퇴한 것은 벌써 오 년 전의 일이지만 그는 유창석과 긴밀한 관계를 유지하고 있었다.

슬쩍 시계를 바라보자 약속했던 7시가 다가오는 중이었다.

이제 초침이 15번만 움직이면 자리에서 일어나야 한다.

김호령은 시간관념이 철저해서 초침까지 맞춰졌을 때 약속 장소로 들어오는 것으로 현직에 있을 때부터 유명한 사람이었다.

역시 오늘도 마찬가지.

정확하게 7시가 되자 방문이 열렸다.

이미 자리에서 일어나 있던 유창석이 들어서는 백발의 김호령을 향해 정중하게 인사를 했다.

하지만, 방으로 들어온 것은 김호령뿐만이 아니었다.

갈색 눈을 가진 미국인, 바로 패터슨이 김호령의 뒤를 따라 들어왔다. 패터슨은 미국 최대 방산업체인 록히드 마틴사의 부사장이었다.

유창석은 손을 내미는 패터슨의 손을 잡은 후 슬쩍 미소를 지었다.

이제 확실해졌다.

김호령이 자신을 호출한 것은 이번 공군력증강계획 정보를 입수한 것이 분명했다.

"유 청장, 얼굴이 좋아졌구먼. 요새 운동 많이 해?"

"웬걸요. 워낙 바빠서 필드에 나간 지 오래되었습니다."

"어허, 이 사람. 몸도 생각하면서 일해. 몸이 건강해야 일도 잘할 것 아닌가."

"하하, 그래야죠."

"여기 패터슨과 우리 셋이나 조만간 공이나 한번 치지. 어떤가?"

"저야 좋습니다."

"그럼 내가 날짜 잡아서 알려주지. 자, 우리 식사 먼저 할까?"

"제가 영감님 좋아하시는 걸로 시켜놨습니다. 오늘 다금바리가 새로 들어왔다고 하더군요."

"잘했군, 잘했어."

김호령이 함박웃음을 지었다.

그는 싱싱한 다금바리라면 사족을 못 쓸 정도로 좋아하는 사람이었다.

종업원이 들어와 음식을 세팅하기 시작한 건 그들이 앉은 후 채 5분이 지나지 않았을 때였다.

술이 들어왔고 잔이 두 순배 돌아갈 동안 그들은 국내외 정세에 대해서 이야기하며 시간을 보냈다.

음식도 뜸이 들어야 먹는 법.

대뜸 본론을 꺼낼 정도로 그들은 어리석지 않았다.

그동안 조용한 모습으로 두 사람의 대화를 듣고 있던 패터슨이 슬그머니 입을 연 것은 세 병이 비워져 얼굴이 붉어졌을 때였다.

"요즘, 한일 관계 때문에 우리나라에서도 신경이 바짝 서 있는 상텝니다. 일본의 군사 행동이 바빠지고 있어요."

"우리도 알고 있습니다. 그래서 일본 측의 움직임을 예의 주시하고 있는 중입니다."

"그놈들, 쪽발이 새끼들이 뻑하면 NLL을 침범한단 말이지. 이틀 전에도 넘어왔다면서?"

방위청장의 대답을 들은 김호령이 슬쩍 이를 드러내면서 물었다.

그러자 방위청장이 굳어진 얼굴로 입을 열었다.

"요즘 기동훈련이 잦아지고 있습니다. 놈들의 움직임이 심상치 않습니다."

"그렇구먼. 거참 큰일일세. 이보시오, 패터슨. 유엔의 사법재판소 규정 개칙은 어떻게 될 것 같소?"

"아무래도 어려울 겁니다. 한국 측에서 워낙 주도면밀한 전략으로 대응했기 때문에 과반수를 충족하기 힘들 것 같습니다."

"미국과 중국, 일본이 힘을 합해도 안 된단 말이지?"

"이제 투표까지 채 한 달도 남아 있지 않습니다. 지금 시점에서 확인해 본 결과 투표는 한국이 이기는 것으로 분석되었습니다."

"그렇다면 패터슨, 당신 생각에는 일본이 어떻게 나올 것 같소?"

"최근 일본의 움직임을 본다면 무력으로 독도를 점유할 가능성이 큽니다. 한국도 대비를 해야 할 것입니다."

"일본의 군사력은 우리나라와 비교가 되지 않아. 놈들이 침공이라도 하면 큰일인데 우리 정부는 뭐 하고 있는지 몰라."

김호령이 말을 끝내면서 방위청장을 바라보았다.

북 치고 장구 친다.

이쯤 해서 이제 본격적으로 이야기를 나눠보자는 신호였다.

그랬기에 방위청장 유창석이 쓴웃음을 지었다.

"그렇잖아도 대통령님 특별 지시로 공군력증강계획이 추진되고 있습니다. 곧 국회에서 긴급 예산이 편성될 겁니다."

"얼마나?"

"30조가 책정되어 있습니다."

"그걸 전부 전투기를 사는 데 쓴단 말인가?"

"아닙니다. 일본이 보유하고 있는 스텔스 전투기 JX-21을 견제할 수 있는 미사일 구매도 포함되어 있는 금액입니다."

"전투기는?"

"일본과 문제가 생기면 JX-21과 비슷한 성능의 기체를 우리도 보유해야 됩니다. 스텔스기를 확보하는 게 우리의 목표입니다."

"험… 스텔스기라……."

김호령이 헛기침을 하면서 패터슨을 슬쩍 쳐다봤다.

지금까지 한국은 스텔스기를 확보하기 위해 무진 애를 썼지만 한 번도 성공하지 못했다.

미국은 주력기인 F-22 랩터를 대한민국에 팔지 않았고 대신 지켜주겠다는 명분을 달며 여전히 재래 기종을 강매하고 있는 실정이었다.

　방위청장이 눈이 패터슨을 향한 건 김호령의 헛기침이 끝났을 때였다.

　"이왕 만난 김에 하나 물어봅시다. 패터슨, F—22를 우리에게 넘겨줄 수 있소?"

　"그건 곤란합니다. 미합중국 정부에서는 주력기의 수출이 금지되어 있습니다."

　"우리 솔직히 말해봅시다. 그렇다면 당신은 여기에 왜 나온 거요?"

　"일본의 JX—21의 스텔스 기능은 형편없는 수준입니다. 그 자들의 말로는 F—22와 버금간다며 떠들고 있지만 말도 안 되는 소리지요. 유 청장님, 일본을 상대하기 위해서는 이번에 새로운 신형 미사일을 장착한 F—55A로도 충분합니다. 우리 록히드 마틴사는 좋은 조건으로 F—55A를 넘겨 드리겠습니다. 물론 유 청장님에게도 상당한 대가를 생각하고 있습니다."

　"허허… 내 생각에도 그래. F—55A의 성능은 웬만한 스텔스기는 전부 때려잡지. 암, 당연한 얘기야. 유 청장, 이 분야에서는 내가 전문가잖아. 패터슨의 말이 일리가 있어. 그러니 우리가 지금처럼 해왔던 대로 하자고."

　"영감님, 지금은 상황이 다릅니다. 쉽지가 않습니다."

　"이봐, 우리가 이런 일 한두 번 해보나. 지금까지 쉬운 적이 언제 있었어. 그럼에도 우리는 잘해왔잖아. 어렵게 생각하지 말자고. 적당한 이유를 대면 박무현이도 어쩔 수 없을 거야. 자네도 은퇴할 날이 얼마 남지 않았는데 노후 생각도 해야지!"

대한민국의 전투기 구매는 모두 미국 제품이다.

한미동맹이란 특수성을 감안하더라도 기술이전조차 제대로 해주지 않는 미국의 재래식 전투기를 계속해서 살 수밖에 없었던 것은 군사력 지원이라는 무언의 압박과 무기 판매업자들의 전방위 로비로 인한 것이었다.

주력 무기는 절대 판매하지 않는다는 미국의 원칙.

제3세계의 국가가 자신들과 같은 군사력을 가질 경우 발생할 수 있는 세계 경찰 국가로서의 위상 저하를 그들은 절대 원하지 않았다.

나를 넘어서는 것은 용인하지 않겠다는 국가 이익 우선의 원칙.

미국이 추구하는 것은 바로 그것뿐이었다.

그러나 하나를 지키기 위해서라면 하나를 놓아야 하는 것이 세상이치임에도 그들은 그렇게 하지 않았다.

자신들보다 약한 국가. 특히 대한민국을 그들은 밥이라 생각했다.

한국동란의 참전을 통해 얻게 된 정치, 경제에 관한 막강한 입김을 통해 그들은 폐기 처분 해야 되는 무기들을 대한민국에 반강제적으로 판매하며 자신들의 잇속을 챙겼다.

물론 그들이 던져준 떡고물을 애타게 찾아 헤맨 정치인과 군인들이 사냥개가 되어 선봉에 섰기에 그들은 편하게 장사를 마무리하곤 했다.

언론과 국민들의 결사적인 반대는 돌아오지 않는 메아리에 불과했다.

무기 장사에는 정치인들과 최고급 군인들이 관련되었고 부패에 물든 대통령들 또한 그에 대해 눈을 감은 채 모른 척했기 때문이었다.


박무현 대통령은 정복을 입은 채 집무실로 들어와 거수경례를 한 공군 참모총장 김병철의 손을 잡았다.

공군 참모총장 김병철.

청렴의 상징.

박무현 대통령이 그를 공군 참모총장에 임명한 것은 그의 청렴과 후배들의 지지를 한 몸에 받는 인성을 감안한 것이었다.

"김 총장, 커피로 할래요?"

"감사합니다."

역시 군인이다.

절도 있는 태도로 대답을 한 김병철의 얼굴에는 조금의 웃음기도 배어 있지 않았다.

대통령이 직접 호출한 이유.

그는 그것을 정확하게 알고 있는 것이 분명했다.

잠시 후 비서가 그들의 앞에 커피를 내려놓으면서 대통령의 입이 열리자 그의 얼굴은 더욱 굳어졌다.

"이번에 전투기 구매로 긴급예산 30조가 국회를 통과했습니다. 아시죠?"

"알고 있습니다."

"일본의 움직임이 심상치 않습니다. 그래서 우리는 급합니다. 나는 최단 시간 내에 우리 공군 전력이 향상되기를 기대하고 있습니다."

"대통령님, 전투기 구매와 인도까지는 꽤 긴 시간이 필요합니다. 일본과의 악화된 관계를 감안한다면 완제품을 도입해야 된다고 생각합니다."

"바로 그것 때문에 김 총장을 부른 겁니다. 길어도 두 달 이내에 해결돼야 해요. 지금은 초비상 상탭니다. 이제 유엔 사법재판소의 규정 개정 투표가 20일밖에 남지 않았어요. 거기서 진다면 일본은 어떤 짓을 벌일지 모릅니다."

"하지만, 대통령님. 전투기 구매의 주무 부서는 방위청입니다. 전투기 구매에 관한 전권은 그들이 쥐고 있기 때문에 저로서는 참견에 한계가 있는 실정입니다."

"전투기에 관한 것들은 공군이 제일 잘 알지요."

"그건… 맞는 말씀입니다. 하지만, 죄송스러운 말씀이나 미국이……."

"미국이 왜요?"

박무현 대통령이 공군 참모총장의 얼굴을 빤히 쳐다봤다.

알고 있으니 마음껏 이야기하라는 시선이었다.

"평가 위원 대부분이 그자들의 꼭두각시들입니다. 방위청에서는 지금까지 해왔던 것처럼 그들을 평가 위원으로 선임할겁니다. 또한, 미국은 무기 구매 때마다 정치권에 막강한 입김을 행사해 왔습니다. 특단의 조치가 선행되지 않으면 대통령님이 원하는 대로 진행되지 못할 수 있습니다."

"…그런가요. 그럼 어쩌면 좋겠소?"

"대통령님, 먼저 방위청장을 교체하셔야 됩니다. 그는 미국의 앞잡이 노릇을 해온 자입니다. 무기를 구매할 때마다 그자가 나서서 미국에 유리하도록 모든 항목을 조정해 왔습니다."

"그리고요?"

"우리의 목표는 즉시 전력 향상입니다. 무기 구매에 단서 조항을 걸어서 완성된 제품을 한 달 이내에 납품해야 된다는 전제 조건을 걸어야 합니다. 성능은 JX—21 이상이어야 하며 기술이전이 선행되는 것이 필수 조건입니다."

"나도 그렇게 생각합니다. 그런데 그런 조건이 무척 어렵다면서요?"

"어렵습니다. 그러나 해내야 합니다. 방위청장이 집념을 가지고 움직인다면 방법이 있을 겁니다."

"가령 어떤 방법을 말하는 겁니까?"

"30조라는 돈은 천문학적인 금액입니다. 경제 사정이 어려운 러시아나 영국, 프랑스에게는 엄청난 유혹이 될 것입니다. 각개격파 작전으로 나가면 그들은 완제품을 넘겨줄 수도 있습니다."

"음……."

"지금은 대통령님 말씀대로 국가가 위급한 상황입니다. 반드시 해내야 됩니다."

"김 총장님이 방위청장을 맡아주세요."

"제가 말입니까?"

"고름은 제거해야 생살이 돋아나는 법입니다. 김 총장님, 조국의 미래가 걸린 일입니다. 아무리 생각해도 미국에게 약점을 잡히지 않은 사람은 김 총장님밖에 없다는 생각이 들더군요. 그래서 김 총장님을 부른 겁니다. 방위청장을 맡아주세요. 미국에서 들여온 고물들 말고 진짜 우리나라 공군력을 증강시킬 수 있는 차세대 전투기를 구매해 주었으면 고맙겠습니다."

*　　　　*　　　　*

유엔의 사법재판소의 규칙 개정의 심의 위원 숫자는 모두 아홉 명이었다.

그 분포를 보면 미국과 중국, 일본이 각각 1명씩이었고 EU가 3명, 러시아 1명, 아프리카 1명, 동아시아 1명으로 구성되어 있었다.

이번 규칙 개정의 주 내용은 영토 분쟁에 대한 재판권 강화였다.

그동안 영토 분쟁에 대한 것은 실질 점유국이 재판에 응하지 않으면서 재판 자체가 성사되지 못해왔는데 규칙 개정을 통해 3번 연속으로 참여하지 않으면 제소한 국가만 참여한 채 재판이 가능하도록 개정하는 것이었다.

일본이 목을 매단 이유는 바로 독도 때문이었고 미국과 중국이 거기에 동조한 것은 한반도의 통일을 적극적으로 방해하기 위함이었다.

하지만 그들의 생각은 유엔 규칙 개정이 찬성 4, 반대 5로 부결되면서 산산이 깨지고 말았다.

아프리카의 대표가 원조를 약속한 그들의 편에 섰으나 동아시아 대표로 나선 필리핀 위원과 EU, 러시아가 반대표를 던지면서 부결되었던 것이다.

밖에서 초조하게 기다리고 있던 주미 대사는 만세를 불렀고 반면에 투표장을 나서는 일본 대표는 똥 씹은 표정이었다.

대한민국의 언론은 이 소식을 긴급으로 타전하면서 호외를 터뜨렸으나 일본의 언론은 단신으로 짧게 보도한 채 외면했다.

만약 투표 결과가 반대로 나왔다면 일본의 모든 언론은 일제히 독도를 찾아야 한다며 광분했을 것이다.


일본의 총리 나카타가 방위대신을 부른 것은 투표 결과가 나온 그다음 날이었다.

총리 관저는 싸늘한 기운으로 덮여 있었기에 집무실로 들어서는 방위대신은 긴장감을 숨기지 못했다.

방위대신이 들어섰어도 총리는 자리에서 일어나지 않았는데 뭔가를 생각하는 듯 지그시 눈을 감고 있었다.

총리가 눈을 뜬 것은 인기척을 내며 방위대신이 소파로 다가갔을 때였다.

"어서 오시오."

"급하게 찾으신다는 전갈을 듣고 왔습니다."

"일단 앉아서 얘기합시다."

총리가 자리를 권하자 방위대신이 조심스럽게 소파로 향했다.

탁자에는 수많은 서류들이 흩어져 있었다.

방금 전까지 회의를 했던 것이 분명했다.

방위대신이 자리에 앉자 총리의 입이 무겁게 열렸다.

"이야기 들었습니까?"

"들었습니다."

"알겠지만, 놈들이 재판에 참여하지 않는 한 유엔을 통해 독도를 찾는 것은 완전히 물 건너가 버렸소."

"안타까운 일입니다."

"안타깝지만 예상했던 일이니 낙담할 필요는 없소. 그렇다고 우리가 독도를 포기하지는 않을 테니 말이오."

"그래야죠. 당연히 그래야 합니다."

"기동훈련은?"

"3차례 완료했습니다. 총리께서 명령만 내리시면 신풍 작전은 즉시 시행될 수 있습니다."

"완료까지의 시간은 얼마나 될 것 같소?"

"5시간이면 충분합니다."

"예상 시나리오대로 될 것 같소?"

"계속 분석해 왔지만 독도로 한정된다면 북한은 참전하지 못할 것입니다."

"한국은?"

"두 가지 경우가 있습니다. 외교적으로 해결하기 위해 몸부림치는 방법과 군사력을 동원하는 방법입니다."

방위대신은 이전에도 여러 번 대답했던 내용을 다시 말했다.

총리가 원하는 것이 무엇인지 너무나 잘 안다.

단 한 번의 공격으로 독도를 얻는 것.

본토가 전쟁의 소용돌이에 빠져들지 않은 채 독도를 점유하는 방법을 그는 원하고 있었다.

그랬기에 그는 침묵을 지키는 총리를 대신해서 계속해서 말을 이어나갔다.

"한국의 공군력은 형편없는 수준입니다. 해군력도 마찬가지지요. 그들이 독도를 되찾기 위해 군사력을 동원하는 건 결코 쉽지 않은 일입니다."

"한국에서 최신예 전투기를 사기 위해 30조를 투입했소. 그들도 우리에게 공군력이 부족하다는 것을 알기 때문 아니겠소?"

"하지만 늦었습니다. 한국 놈들은 그동안 전투기를 구매하면서 워낙 바보 같은 짓들을 거듭했기 때문에 EU 쪽이나 러시아에서 전투기를 구매해도 전력이 금방 회복되지 못할 겁니다. 더군다나 미국 놈들도 가만있지 않을 테고요. 미국은 어

떤 수를 쓰든 이번에도 기존의 재래 전투기를 팔아먹으려고
할 겁니다."

"박무현이 방위청장을 교체했소. 전임이었던 유창석이 미국
의 개라는 걸 알았기 때문이지. 아무래도 이번에는 제대로 할
것 같더군."

"그래도 쉽지 않을 겁니다. 미국의 최첨단 도청 기술과 정보
력은 무시무시한 수준입니다. 조국을 배신하면서까지 미국의
재래 전투기를 살 수밖에 없었던 것은 약점을 잡힌 놈들이 그
만큼 많기 때문입니다. 한국의 정치가들과 군 고위 관료들은
대부분 애인이 있다고 하더군요. 더군다나 돈을 무척 밝혀서
먹이를 던져주면 개떼같이 물어뜯는답니다."

"그래도 성공할 수 있는 거 아니요?"

"전투기의 제작은 그리 쉬운 게 아닙니다. 전투기의 제작
과정은 엄청나게 복잡하기 때문에 많이 만들어봐야 일 년에
30대가 고작입니다. 더군다나 스텔스 기능을 가진 전투기는
20대도 생산하기 어렵습니다."

"만약 놈들이 완성된 제품을 산다면?"

"자국의 전력을 깎아내리면서까지 최신예 전투기를 파는 나
라는 없을 겁니다. 그리고 30조 정도의 예산으로는 기껏 사봐
야 60대의 스텔스기를 들여올 수 있습니다. 기간도 부족하고
전력도 부족합니다. 한국이 만약 미친 짓을 한다면 초전에 모

든 것을 잃게 될 것입니다."

"그렇다면 방위대신은 한국이 미친 짓을 못 할 거란 우리의 시나리오가 절대 틀리지 않다는 판단이오?"

"그렇습니다. 놈들은 징징거리면서 국제사회에 억울함을 표현하는 게 고작일 겁니다."

"좋군. 만약 놈들이 그랬을 때 우리의 전략은?"

"보여주는 것이죠. 그동안 우리는 매년 유엔 사법재판소에 독도가 우리 땅이란 제소를 해왔습니다. 더군다나 꾸준히 세계 각국에 홍보를 해왔기 때문에 많은 국가들이 독도가 우리나라 땅으로 알고 있는 실정입니다. 그런 것들이 선행되었으니 한국이 징징거려도 국제사회는 냉정하게 대응할 것입니다."

"방위대신의 말을 들으니 힘이 나는구려."

총리의 얼굴에서 슬그머니 미소가 지어졌다.

그 미소에 반응하며 방위대신도 웃음을 만들어냈다.

하지만 그는 총리의 미소가 얼마나 무서운지 너무나 잘 알고 있었다.

지금 총리가 한 질문들은 내각의 대신들과 전문가들에게 수도 없이 던진 것들이었다.

치밀하고 냉정하다. 그리고 한번 물면 절대 놓치지 않는 집념과 투지로 똘똘 뭉친 사람이다.

하지만, 준비 기간이 짧다.

자신은 있었지만 이런 중차대한 사안을 결론 내리기에는 시간이 너무 짧았다.

아마도 총리는 그런 것들 때문에 이런 회의들을 지속적으로 하는 게 분명했다.

총리의 눈은 깊게 가라앉아 있었다.

미소를 흘리면서도 웃지 않는 눈.

"방위대신!"

"예, 말씀하십시오."

"준비를 해주시오. 단 한 번의 공격으로 끝을 내야 하오."

"신풍 작전을 결행하실 작정이십니까?"

"그렇소."

"언제 말입니까?"

"한 달 후. 그때까지 방위대신은 군 통솔에 만전을 기해주시오. 그 기간 동안 나는, 독도가 우리 땅이라는 것을 국민들에게 천명하겠소."

"알겠습니다."

방위대신의 고개가 강하게 움직였다.

무슨 뜻인지 안다.

총리는 한 달 동안 모든 수단과 방법을 동원해서라도 국민들을 설득시키는 작업을 할 것이다.

선제공격에 대한 정당성 확보.

그는 미국과 중국에 대한 사전 통보를 통해 외교적 마찰을 최소화할 것이고 내각을 집결시켜 온 국민이 하나가 되는 작전을 펼쳐 나갈 것이다.

박무현 대통령은 급하게 들어서는 국방부 장관을 맞으며 어두운 표정을 지우지 못했다.

벌써 일본의 기동훈련은 여섯 번이나 이루어졌는데 그들의 경로는 정확하게 독도를 향하고 있었다.

대통령이 국방부 장관을 급히 부른 것은 오전에 벌어졌던 일본의 기동훈련 결과를 최종 확인하기 위함이었다.

박무현 대통령의 목소리는 잔뜩 가라앉아 쇳소리가 배어 나왔다.

"어떻소?"

"일본은 이번 훈련에서 항모까지 동원했습니다. 우리 군은 독도를 중심으로 방어진을 폈고 전투기들도 이륙할 수 있도록 만반의 준비를 갖춘 채 예의 주시하고 있었습니다."

"그들은 어디까지 왔다 간 거요?"

"독도 1㎞ 전방에서 회항했습니다."

"역시 상륙선이 포함되었겠지요?"

"그렇습니다. 저희 군에서 판단한 결과 놈들은 독도를 점령할 생각을 가진 게 분명합니다."

"음……."

무겁다, 그리고 분노가 담겨 있다.

박무현 대통령은 깊은 신음을 흘려낸 채 잠시 동안 아무런 말도 하지 않았다.

설마 하던 일이 점점 현실화돼 가고 있는 중이었다.

만약 일본이 독도를 강점한다면 어떤 일이 벌어질까?

일본은 독도를 침공하기 전에 미국과 중국이 관여하지 못하도록 뒷거래를 할 게 뻔했다.

천문학적인 경제적 이익이 보장된다면 미국은 두 나라가 모두 우방이라는 점과 영토 분쟁이라는 이유로 중립을 지키며 빠져나갈 것이고 중국은 북한에 대한 권리를 확보하는 선에서 모른 체할 것이다.

독도가 어찌 되든 그들은 상관이 없기 때문이다.

일본.

벌써 수십 년 전부터 군사력을 증가시켜 세계 4위의 군사대국으로 성장했고 핵무기를 제외한다면 중국과도 한판 뜰 수 있을 만큼 최신예 무기들로 무장한 나라였다.

부딪치면 진다.

비록 교체된 방위청장이 밤낮을 가리지 않고 최신예 전투기를 도입하기 위해 애를 쓰고 있으나 공군력이 어느 정도 확보된다 해도 해군력이 워낙 차이가 있기 때문에 일본과 전면전이 벌어진다면 대한민국은 막대한 타격을 입은 채 무릎을 꿇게 될 가능성이 컸다.

그렇다고 독도를 빼앗긴 채 아무런 반격을 하지 못한다는 건 말도 안 되는 일이었다.

국민들은 만약 독도를 빼앗기게 된다면 당장 죽는다 해도 싸워야 한다고 목 놓아 외칠 것이다.

일본을 미워하는 국민들의 정서.

그 정서를 생각한다면 모두 죽는 한이 있더라도 싸워야 한다.

그랬기에 박무현 대통령은 국방부 장관을 바라보며 지그시 이를 악물었다.

"전투기 구매는 어떻게 돼가고 있습니까?"

"벌써 각국의 실무 협상 팀들이 들어와 있습니다. 입찰 서류에 대한 평가가 다음 주에 있다고 보고받았습니다."

"우리 뜻대로 될 것 같나요?"

"김 총장이 평가 위원을 대폭 교체했습니다. 하지만, 쉽지는 않을 것 같습니다. 전투기에 대한 전문적 지식을 가진 평가 위원 숫자는 한정되어 있습니다. 그동안 미국이 워낙 그들을 철저히 관리해 왔기 때문에 어떤 결과가 벌어질지 모릅니다."

"그들도 우리나라 국민입니다. 국가가 누란의 위기에 처했으니 현명한 판단을 내려주겠지요."

"최선을 다하겠습니다."

"장관님은 일본의 공격 시기를 언제로 보고 있습니까?"

"조만간입니다. 길어야 한 달을 넘기지 않을 것 같습니다. 이미, 일본은 정치인들과 언론이 중심되어 국민들을 선동하기 시작했습니다. 국민 여론이 최악으로 치닫고 미국, 중국과의 막후협상이 끝난다면 결단을 내릴 겁니다."

"솔직히 말해주시오. 60대의 최신예 전투기가 들어온다면 우리의 승률은 얼마나 되오?"

"대통령님……."

"괜찮소."

"승률은 30%… 정도라고 판단됩니다."

"그 정도로 열세입니까?"

"최신예 전투기가 모두 들어오게 되면 조종사의 역량이 우수한 우리 공군은 일본의 JX―21를 충분히 상대할 수 있습니다. 하지만 해군력이 워낙 부족합니다. 일본은 3개의 항모전단과 2개의 경항모전단을 보유하고 있지만 우리는 항모를 한 대도 보유하지 못하고 있습니다. 죄송합니다……."

"그게 어찌 국방부 장관의 잘못이요. 제 이익만 찾으며 국방을 소홀히 한 역대 대통령들과 정치인의 잘못이지."

"아닙니다. 밥그릇을 뺏기지 않기 위해 군사력 증가에 신경을 못 쓴 군인들이야말로 역사의 죄인들입니다."

"장관님, 우리는 싸워야 합니다. 우리의 영토를 그냥 빼앗길 수는 없는 일 아닙니까?"

"당연한 말씀입니다."

"남은 기간 최선을 다해주시오. 그들이 공격을 해오면 군은 조국을 위해 전력을 다해주시기 바랍니다."

"목숨이 끊어지는 한이 있더라도 반드시 일본의 명줄을 따겠습니다. 헛된 야욕이 얼마나 처참한 상황을 만들어 내는지 똑똑히 보여주겠습니다."

*          *          *

국방과학연구소의 최민주 박사는 차를 몰고 일산으로 들어섰다.

항공 분야 연구본부장인 그는 전투기에 대한 각국의 제원과 성능에 대해서 국내 톱의 지식을 보유하고 있는 사람이었다.

나이는 51세.

호남형으로 생긴 최민주는 젊어서부터 여자들에게 인기가 많았지만 결혼한 후부터는 오직 연구에만 몰두해 왔다.

그런 그가 애인인 정경숙을 만난 것은 3년 전 나이트클럽에서였다.

1년에 두 번 있는 동창회를 마치고 집으로 돌아가려는 그를 친구들은 억지로 나이트클럽에 데려갔다.

젊었을 때 여러 번 와봤었지만 오랜만에 오자 모든 것이 생소했다.

술이 얼근하게 올라온 상태에서 룸을 잡고 또다시 폭탄주가 돌아갔다.

흥이 오르고 빠른 템포의 음악이 오르자 자신도 모르게 젊었을 적의 기억이 되살아났다.

결혼 후 매여 살았던 인생을 보상받기라도 하듯 정말 재미있는 시간을 보냈다.

문제가 생긴 것은 룸으로 부킹되어 여인들이 들어오고 난 후부터였다.

첫눈에 반할 정도로 아름다운 여인.

그녀는 룸으로 들어오면서부터 그를 향해 시선을 주고 있었다.

41살이라는 나이가 믿어지지 않을 정도로 뽀얀 피부와 얼굴을 지녔고 부드러운 시선을 가진 여자였다.

가슴이 뛰었다.

그녀와 블루스를 추면서 느꼈던 그 감정.

가슴속에 꽁꽁 숨겨놓았던 일탈의 욕망이 거침없이 솟구쳐 올라왔다.

나이트클럽에서 본 여자와 당일 밤 사랑을 나누는 걸 원 나잇 스탠드라고 부른다.

하지만 그의 사랑은 원 나잇으로 그치지 못했다.

그녀의 몸은 훌륭한 악기였고 거침없이 지르는 신음 소리는 천상의 음악보다 더 감미로웠다.

처음에는 일탈일 줄 알았다.

그러나 그녀의 몸은 그의 일탈을 사랑으로 바꾸어놓기에 충분했다.

어떻게 알았는지 미국 측에서 그녀의 존재를 빌미로 협박을 해왔을 때도 그는 정경숙을 놓지 못했다.

그녀가 없으면 죽을 것 같았기 때문이었다.

그녀가 없는 삶은 이제 아무런 의미가 없었다.

차를 파킹하고 그녀의 아파트 문에 다가가 초인종을 누르자 기다리고 있었던지 금방 여자의 목소리가 흘러나왔다.

"누구세요?"

"나야."

"자기야!"

문이 열리며 정경숙이 안겨왔다.

풍요로운 여인의 향기.

나이가 사십 중반인데도 그녀는 서른 초반으로밖에 보이지 않을 정도로 날씬했다.

청바지를 입은 그녀는 최민주가 문 안으로 들어서자 깊고 깊은 키스를 퍼붓기 시작했다.

오늘따라 그녀의 몸은 뜨겁게 달아올라 있었다.

'아… 아…….'

그녀는 최민주를 끝없이 괴롭혔다.

작은 터치에도 몸을 꿈틀댔고 물건이 들어갈 때마다 미친 듯 소리를 질렀다.

최선을 다했지만 그녀를 만족시키지 못한 채 끝냈다.

요즘 들어 극도로 스트레스를 받았더니 몸의 기능이 떨어진 모양이었다.

"미안해."

"아니야, 괜찮았어."

"내가 요즘 너무 피곤했나 봐."

"왜요, 무슨 일 있어?"

"응."

"뭔데?"

"갑작스럽게 전투기 구매를 한다고 해서 그걸 검토하느라 며칠 밤을 새웠거든."

"어머, 힘들었겠다."

"몸보다 머리가 더 복잡해서 미칠 지경이다."

"왜?"

"위에서 계속 압박이 오고 있어, 이번에는 미국에서 우리 측 요구대로 해주지 않으면 미국 전투기를 구매할 수 없다는 거야."

"어머, 그러면 안 되잖아!"

최민주의 말을 들은 정경숙이 펄쩍 뛰었다.

그녀 역시 최민주가 미국의 협박 속에 있는 것을 알기 때문이었다.

하지만 그 이면에 들어 있는 것은 협박이 아니라 돈이었다.

미국 무기를 도입하는 데 도움을 줄 때마다 큰돈을 받아왔는데 최민주는 그 돈의 대부분을 그녀에게 썼다.

지금 그들이 알몸으로 뒹굴고 있는 이 아파트도 최민주가 사준 것이다.

그랬기에 그녀는 가슴이 드러난 몸으로 최민주를 감싸 안으며 코맹맹이 소리를 냈다.

"자기야, 미국 전투기 안 사면 돈 안 나오잖아."

"그렇지."

"그럼 난 어떡해. 이번에 우리 숙영이 대학 간다는데……."

"그건 내가 알아서 해줄게."

숙영이는 정경숙의 딸이다.

그녀는 최민주를 만난 후 이혼했는데 특별한 직업이 없기 때문에 생활비를 전부 대줘야 하는 형편이었다.

"입학금이 문제가 아니잖아. 미국이 가만있지 않을 거 아냐. 그렇게 되는 거 나 너무 무서워."

"음……."

"자기야, 그러지 말고 잘해봐. 어차피 한두 번 한 것도 아니잖아. 더군다나 자기가 말 안 들으면 그 사람들이 가만있겠어? 나랑 산다는 거 세상에 알려서 당신 매장시키면 난 어떡해. 자기만 믿고 이혼까지 했는데."

"그래서 고민 중이야. 하지만 걱정하지 마. 다 생각이 있으니까."

"무슨 방법 있어?"

"전투기에 대해서는 나보다 잘 아는 놈들이 없어. 내가 다른 나라 전투기에 대한 단점을 부각시켜서 떠들게 되면 방위청장도 함부로 할 수 없을 거야. 더군다나 평가 위원을 바꿨지만 우리 편도 꽤 되거든."

"그래? 다행이다. 난 잘못되는 줄 알고 걱정했잖아."

"다른 때에 비해서 조금 힘들겠지만 내가 미국 전투기를 사야 하는 논리를 전부 만들어놨으니까 이번에도 결과는 변하지 않을 거야."

"우리 자기, 역시 똑똑해. 난 우리 자기보다 유식한 사람은 못 본 것 같아."

"하하하… 이런."

정경숙의 애교에 웃음을 짓던 최민주가 몸을 움찔했다.

어느새 정경숙이 손을 내려 그의 물건을 쥐었기 때문이었다.

천천히 물건을 만지던 정경숙이 입술을 내밀었다.

"자기야, 내가 빨아줄까?"

대답은 듣지 않았다.

그녀는 말하는 동시에 천천히 얼굴을 내려 최민주의 물건을 향해 다가갔다.

그리고는 입을 벌려 그의 물건을 삼켰다.

정교한 혀 놀림.

그녀의 혀가 움직일 때 마다 최민주의 몸이 경직되며 신음이 흘러나왔다.

문이 불쑥 열리며 소리가 들린 것은 그녀의 혀가 고환으로 내려갈 때였다.

"씨발놈, 엄청 좋은 모양이네."

"누구냐!"

"좆 까는 소리 하지 말고 옷이나 입어, 이 새끼야. 번데기만 한 물건 보기 싫으니까."

문을 닫고 들어선 강태산은 화장대에 있는 의자를 끌어당겨서 앉으며 담배를 꺼내 물었다.

침대에서는 두 남녀가 급히 자신들의 옷을 입느라 부산을 떨고 있는 중이었다.

천천히 그 모습을 감상하던 강태산의 입이 다시 열린 것은 최민주가 와이셔츠를 다 잠그지 못한 채 그를 바라봤을 때였다.

"자, 지금부터 재밌는 걸 들려줄 테니까 귓구멍 깨끗하게 하고 잘 들어라."

강태산이 들고 있던 소형 녹음기의 버튼을 눌렀다.

그러자 그가 정경숙과 했던 대화 내용이 고스란히 흘러나왔다.

하지만 대화 내용은 그것뿐이 아니었다.

뒤이어 정경숙이 낯선 남자와 섹스하는 소리가 흘러나왔고 곧이어 대화의 내용이 재생되었는데 최민주의 생각을 알아내서 보고하라는 것이 주 내용이었다.

덧붙여 남자는 최민주가 이상한 생각을 하면 미국 전투기를 구매할 수 있도록 적극적으로 유도하라는 지령을 내리고 있었다.

대화의 내용으로 봤을 때 최민주가 오기 전에 녹음된 파일인 것 같았다.

녹음 내용을 듣던 최민주의 얼굴이 시커멓게 죽어갔다.

그의 눈은 절대 믿을 수 없는 것을 본 것처럼 회색으로 변해가고 있었다.

녹음기의 버튼을 누른 강태산의 이가 하얗게 빛난 것은 최민주가 무서운 눈길로 정경숙을 노려볼 때였다.

"미국이 파놓은 함정에 빠져 조국을 배신한 심정이 어떠냐."

"아니야. 절대 그럴 리가 없어!"

"내가 알아보니까 저년은 미국의 스파이였어. 너에게 접근한 것도 고의적이었고."

"으……."

"생각 같아서는 당장 죽이고 싶은데 중요한 일이 남았다고 해서 참는다. 너에게 마지막 기회를 줄 테니 조국을 위해 마지막 힘을 보태라. 그리고 남은 인생 속죄하는 마음으로 살도록. 안 그러면 너는 쥐도 새도 모르게 죽는다. 갈가리 찢겨서!"

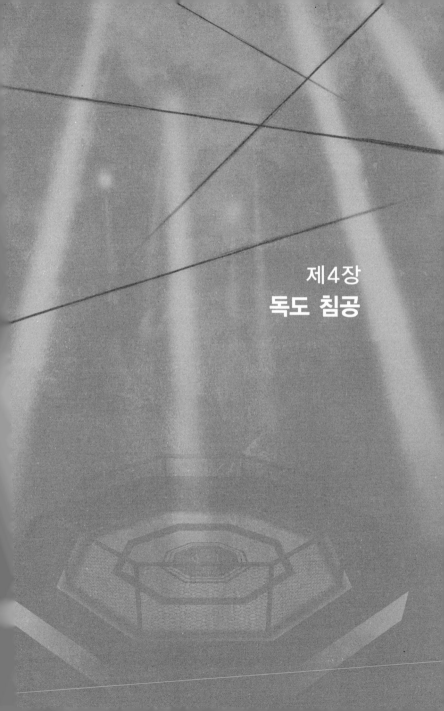

제4장
**독도 침공**

대한민국의 전투기 구매는 급물살을 타고 있었다.

그동안의 구매 방식과는 완벽하게 다른 절차.

비상시국임을 감안해서 새로 임명된 김병철 방위청장은 대통령의 재가를 얻은 후 각국의 협상 팀과 단도직입적인 수의계약 방식을 택했다.

동일 기종을 수입하는 것이 관리 차원에서는 가장 바람직했으나 지금은 그럴 만한 여유가 없기 때문이었다.

미국을 포함해서 러시아와 영국, 프랑스의 전투기를 비교 평가했고 그중 스텔스 기능이 없는 미국의 F—55A를 초반 평가에서 탈락시켰다.

거기에 덧붙여 미국 측은 기술 이전에 대해서도 다른 나라에 비해 미온적인 태도를 보였기 때문에 거의 낙제점을 받았다.

평가는 일사천리로 이루어졌다.

그동안 미국 제품에 대해서 관대한 점수를 주며 다른 나라 전투기들에 대해서는 갖가지 단점을 들추던 평가 위원들이 모두 한목소리를 냈기 때문이었다.

그러자 조용히 있었던 미국 정부가 벌 떼처럼 들고일어나 대한민국 정부를 압박해 들어왔다.

수십 년 동안 지속되었던 상호방위조약과 우방으로서의 지위를 이렇게 속절없이 팽개칠 수 있냐며 그들은 대한민국의 행동에 대해서 강력한 항의를 해왔다.

그러나 박무현 대통령의 반응은 차가웠다.

역대 정권들은 미국 측의 협박과 회유를 견디지 못하고 미국의 재래식 전투기를 선택했지만 박무현 대통령은 그들의 협박에 굴복하지 않고 방위청장을 향해 결연한 명령을 내렸다.

"평가의 원칙. 그 어떤 일이 있어도 평가의 결과에 의해 전투기를 구매하시오. 나머지는 내가 모든 것을 책임지겠소."

대통령의 명령을 받은 방위청장은 곧바로 나머지 국가들과 개별 접촉을 들어갔다.

시간이 없는 상황에서 새로 전투기를 생산하기보다는 그들이 지니고 있는 완제품을 바로 들여오려는 전략이었다.

영국과 프랑스, 그리고 러시아는 자국의 공중 제어력이 저하되는 것에 대하여 난색을 표했지만 김병철이 깔아놓은 밑밥을 결국 물고 말았다.

전투기를 당장 구매하는 비용은 10조 원이었으나 차후 순차적으로 20조 원을 더 투자할 것이라는 약속을 해주었기 때문이었다.

인도 날짜는 보름 이내.

일본의 기동훈련이 부쩍 잦아졌고 일본의 여론이 최악으로 치닫는 상황이었기에 김병철은 초스피드로 전투기의 인도를 요청했다.

언론은 방위청의 주도로 이루어진 전투기 구매에 대해 쌍수를 들고 환영하는 기사를 쏟아냈다.

미국의 압박을 이겨내지 못하고 그동안 강대국과의 전투에서 하등 쓸모없는 전투기를 사 온 것에 맹비난을 퍼붓던 언론은 오랜만에 공군력을 향상시킬 수 있는 전투기를 도입했다면서 방위청이 구매한 각국의 제원을 앞다퉈 보도했다.

물론 정부에서는 완제품을 산다는 것에 대해서는 함구를 했기 때문에 언론은 전투기의 인도가 향후 일 년 정도 걸릴 거라는 추론을 덧붙였다.

미국과의 관계 악화를 고려치 않고 박무현 정부가 무리수를 뒀다며 비난하는 보수 언론들도 있었다.

일본과의 다툼이 있다 해도 미국과 원만한 관계를 유지하는 한 전쟁은 벌어지지 않을 것이라는 게 그들이 내걸고 있는 그들의 안이한 판단이었다.

정말 그럴까?

아니다.

일본은 한국이 최신형 스텔스 전투기를 구매하기로 했다는 정보가 입수되자 더욱 빠르게 여론을 악화시키며 본격적으로 이빨을 드러내기 시작했다.

\*       \*       \*

일본 총리의 얼굴은 굳어져 있었다.

상석에 앉아 있는 그를 중심으로 회의실에는 내각의 각료들이 좌우 양측에 길게 포진한 채 그를 주시하는 중이었다.

총리의 입이 열린 것은 무거워질 대로 무거워진 좌중의 분위기가 최고조에 달했을 때였다.

"외무대, 미국과 중국 측과의 최종 협상에 대해서 보고하시오."

"미국은 중립을 지키는 것으로 약속받았습니다. 중국 역시 움직이지 않을 것입니다."

"각료들에게 협상 내용에 대해서 간단하게 설명해 주시오."

이미 내용을 알고 있는 총리가 고개를 끄덕였다.

지금 여기 있는 각료들은 대충의 상황은 알지만 세부적인 것은 주무 부처 각료가 극비리에 추진했기에 자세한 것을 알지 못한다.

총리의 지시를 받은 외무대신의 목소리는 건조했다.

"미국 측에는 독도 점유로 발생되는 이익의 20%를 할애하는 것으로 합의했습니다. 미국은 현재 한국 측과 냉랭한 관계를 유지하고 있기 때문에 쉽게 협상할 수 있었습니다."

"20%라. 개떼 같은 자들이군."

"우리가 얻는 이득에 비하면 괜찮은 조건입니다. 그리고 정국이 안정되면 천천히 끊어버리면 됩니다. 놈들은 우리가 돈을 주지 않아도 공식적으로 항의할 수 없으니까요."

"그럴 테지. 좋소, 중국은?"

"중국은 아무런 조건 없이 우리 측의 의견을 수용하겠다고 했습니다."

"아무런 조건 없이?"

"그렇습니다. 다만, 추후 자기네가 우리를 도운 것처럼 신세를 갚으라는 말만 하더군요."

"외무대신은 그들이 노리는 게 뭐라고 생각하시오?"

"내각정보국의 채널을 전부 돌려본 결과 중국은 조만간 북한의 핵을 무력화시키는 작전을 펼칠 것 같습니다."

"그게… 무슨 말이오?"

"중국은 동북공정을 통해 북한을 자기네 영토라고 우기고 있습니다. 하지만 북한의 핵무기로 인해 마음대로 움직이지 못해왔습니다. 저번 쿠데타 발생 시에 국경선까지 진공시켰던 선양군부의 병력을 후퇴시킨 것도 결국 북한이 핵으로 위협했기 때문입니다. 따라서, 그들은 선제적으로 북한의 핵무기를 무력화시키는 전략을 펼칠 것 같습니다."

"어떤 방법으로?"

"그것까지는 알아내지 못했습니다. 하지만, 중국의 움직임이 심상치 않은 것만은 사실입니다."

외무대신의 말을 들은 총리의 표정이 일그러졌다.

북한의 핵을 제거한다는 것에 대한 유불리가 쉽게 판단되지 않았기 때문이었다.

중국의 야심.

북한은 승냥이에 불과한 자들이었으나 중국은 지독할 정도로 무서운 악룡이었다.

똑, 똑, 똑.

자신도 모르게 총리는 손가락으로 탁자를 두들겼다.

중국이 나중에 자신들을 도와달라는 의미가 왠지 기분 나쁘게 들렸다.

그러나 그는 곧 시선을 들고 각료들을 주욱 둘러본 후 외무대신에게 시선을 맞췄다.

지금은 독도를 되찾는 게 무엇보다 급했다.

"좋소, 그 건은 정확하게 분석해서 다시 보고토록 하시오. 그럼, 방위대신!"

"예, 총리님."

"이제 신풍 작전에 대해서 설명해 주시오."

"알겠습니다."

총리의 지시를 받은 방위대신이 천천히 자리에서 일어났다.

그는 자리에서 일어나 각료들이 쉽게 볼 수 있는 전면으로 나섰는데 그곳에는 이미 대형 화면이 펼쳐져 있는 상태였다.

방위대신이 자리를 잡자 대형 화면에 붉은색 글씨로 신풍이란 단어가 나타났다.

피처럼 붉은 글씨는 저절로 전율이 일어날 만큼 강렬했다.

화면이 바뀌면서 독도가 나타나자 지시봉을 꺼내 든 방위대신의 입이 열렸다.

"지금부터 신풍 작전의 세부 내용에 설명드리겠습니다. 먼저 신풍 작전은……."

그의 입에서 독도 침공에 대한 세부 계획이 천천히 흘러나왔다.

동원되는 해군과 공군의 숫자부터 한국의 반격이 있을 경우의 향후 계획과 독도 수호에 관한 내용이 담겨 있었다.

무서울 정도로 치밀한 계획.

내각의 각료들의 입에서 웅성거림이 생겨났다.

그들은 이번 신풍 작전이 단순한 독도 탈환이라고만 생각했는데 방위대신의 작전 계획은 그것보다 훨씬 무섭고 광범위한 것이었다.

모든 설명을 끝내고 방위대신이 자리로 돌아가 앉자 턱을 받친 채 조용하게 있던 총리의 허리가 펴졌다.

"여러분, 신풍 작전은 이미 시작되었소. 선열들의 피가 시뻘겋게 흐르던 그곳 다케시마. 우리는 내일 선조들의 한이 담겨 있는 다케시마를 다시 우리 품에 안게 될 것이오. 수많은 시간 동안 인내하고 참아왔던 대일본의 너그러움을 한국은 치졸한 욕심과 허황된 망언으로 무시해 왔소. 이제 그 욕심과 망언을 철저히 짓밟고 다케시마가 우리 땅이라는 것을 전 세계에 선포하고자 하오!"

*　　　　*　　　　*

독도.

독도는 울릉도 동남쪽으로 87㎞ 떨어진 두 개의 섬으로 구성되어 있었다.

대한민국의 독도경비대는 그 독도를 수호하기 위해 창설된 조직이었다.

서건창이 독도경비대에 자원해서 입대한 것은 2년 전으로 제대까지 불과 10일이 남은 상태였다.

현재 독도경비대의 숫자는 정확하게 100명이었다.

예전에는 이보다 적었는데 점점 그 숫자가 증가되어 11년 전부터 100명으로 충원되었다고 한다.

대한민국의 남아로서 독도를 지키겠다는 일념으로 의경에 지원한 것이 엊그제 같은데 벌써 2년이란 시간이 훌쩍 지나 제대가 눈앞으로 다가오고 있었다.

서건창은 해가 뉘엿뉘엿 지는 바다를 바라보며 상념에 잠겼다.

이제 제대를 하게 되면 복학을 하게 될 것이다.

비록 서울에 있는 좋은 대학은 아니었으나 대구에 있는 국립대학에서 전자공학을 전공했기 때문에 나머지 기간 동안 열심히 공부한다면 좋은 곳에 취직할 수 있을 거라 생각했다.

그는 흙수저 출신이었다.

부모님은 전형적인 농사꾼으로 지금도 논과 밭을 일구며 사셨기 때문에 독도에 오기 전까지 대학 생활 동안 아르바이트를 멈추지 못했다.

시계를 바라보자 근무시간이 30분 정도 남았다.

제대 말년이라고 후임병들은 그의 근무시간대를 식사하기 전 가장 좋은 시간대로 배정해 주었기 때문에 근무가 끝나면 편안하게 휴식을 취할 수 있었다.

그와 같이 근무를 서고 있는 정 상병이 따분한지 불쑥 입을 열었다.

정 상병은 상주 출신인데 제대하면 부모님의 가업을 이어받아 음식점을 할 거라 했다.

쾌활한 성격.

어려움 없이 살아서 그런지 놈의 성격은 구김이 없이 밝았다.

"서 병장님, 일각이 여삼추죠?"

"유식한 말 쓰지 마라. 너답지 않잖아."

"크크크… 시간이 애매해서 당분간 복학하기도 힘들다면서요?"

"일해야지. 몇 달간 뺑이쳐서 돈 벌어놔야 해. 입대 전에는 아르바이트하느라 공부하기 힘들었거든. 생활비 미리 벌어놓고 공부에 전념할 생각이다."

"고생하시겠네요."

"그럴 것 같다. 어쩌면 여기가 더 그리울지도 몰라."

"아직 청춘인데 연애는 언제 합니까?"

"흙수저가 연애는 무슨 연애를 해. 너 같은 금수저라면 몰라도."

"저, 금수저 아닙니다. 상주에 있는 식당이 커봤자 얼마나 크겠습니까. 겨우 목구멍에 풀칠이나 할 정도죠."

"말은 잘한다."

"그러지 말고 제 여동생은 어떻습니까. 서 병장님 사진 보여주니까 사귀어보고 싶다고 하던데요."

"됐어."

서건창이 빙그레 웃으며 고개를 흔들었다.

정 상병의 여동생은 예쁘장하게 생겼는데 이제 대학교 2학년이라고 했다.

그가 여동생을 소개시켜 주려는 이유는 지내온 세월 동안 서건창의 생활을 두 눈으로 직접 봤기 때문이었다.

서건창은 지난 2년 동안 누구보다 성실하게 군 생활을 해왔다.

궂은일을 마다하지 않아 선임들에게 신뢰를 한 몸에 받았고 후임들에게는 언제나 다정하게 대했기 때문에 모든 사람이 그를 좋아했다.

이제 노을은 절정을 이루고 있었다.

독도에서 바라본 붉은 노을.

제대를 하고 사회에 나가도 그의 가슴속에는 오랫동안 이 노을이 새겨져 있을 것이다.

서건창의 거절에 정 상병의 얼굴에서 잠시 안타까움이 새어 나왔다.

나이는 한 살밖에 차이 나지 않았지만 그는 진심으로 서건창을 형이라 생각하며 존경했다.

의경도 군인이다.

더군다나 다른 고참들은 서로 소개해 달라고 안달을 냈는데 서건창만큼은 언제나 고개를 가로저었다.

서건창의 입이 불쑥 열린 것은 정 상병이 아쉬움에 젖은 눈을 돌리지 못하고 있을 때였다.

"정 상병, 저게 뭐냐?"

"뭐 말입니까?"

"저기 시꺼멓게 다가오는 점들 보이지 않아?"

"어라, 저게 뭐죠?"

서건창이 가리킨 곳을 바라보던 정 상병의 눈이 커졌다.

망망한 바다를 뚫고 다가오는 점들.

그 점들은 점점 뚜렷한 형체를 나타내기 시작하며 그들이 서있는 독도를 향해 다가오고 있었다.

"야, 본부에 무전 때려. 함선이다."

"우리 꺼 아닙니까?"

"인마, 왜 우리 군함이 일본 쪽에서 와. 아무래도 이상해. 저 새끼들 일본 항모전단일지도 몰라. 본부에 확인 요청해 봐!"

"알겠습니다."

서건창의 지시에 정 상병이 무전기를 들고 악을 쓰기 시작했다.

"동쪽에서 정체 모를 선단 접근 중. 확인 바람. 긴급입니다. 동쪽에서 대규모 선단 접근 중입니다. 확인 바랍니다!"

일본의 2개 항모함대가 독도를 향해 발진했다는 정보가 들어왔을 때 이미 국방부는 비상이 걸린 상태에서 그들의 행보를 예의 주시하고 있었다.

지난 3개월 동안 일본은 무려 8차례의 해상 기동훈련을 했는데 그 진로가 모두 독도를 향했다.

국방부의 최고 지휘부는 그들이 기동훈련을 할 때마다 제압 세력을 보냈지만 지금까지 충돌을 한 적은 한 번도 없었다.

일본의 항모가 마지막 순간마다 회항을 했기 때문이었다.

양치기 소년에 대한 우화가 있다.

매번 늑대가 나타났다고 거짓말을 하던 소년의 말을 사람들은 믿지 않았는데 정말 늑대가 나타나면서 많은 양을 잃었다는 이야기였다.

지금이 딱 그렇다.

국방부의 지휘 벙커는 또다시 시작된 일본의 기동훈련을 보면서 의례적으로 해군을 출동시켰고 공군에 비상 대기 명령을 내렸지만 그들이 독도를 공격할 거란 생각을 하지 못했다.

안일함에 허를 찌르는 전술.

일본의 항공모함 전대가 독도를 향해 곧장 돌진하는 것을 확인한 해군 참모총장의 얼굴이 허옇게 질렸다.

긴급 보고를 통해 박무현 대통령이 청와대의 비상 벙커로 들어온 것은 30분 전이었고 뒤이어 안보 관련 각료들이 급하게 소집되었다.

"어떻소?"

"현재 독도로 접근 중입니다."

"거리는?"

"1㎞까지 육박해 있습니다. 아무래도 상륙할 생각인 것 같습니다."

"으……."

박무현 대통령의 입에서 무거운 신음 소리가 흘러나왔다.

일본의 도발에 대비한 최신예 전투기가 들어오기 위해서는 앞으로도 보름이 더 필요한 실정이었다.

일본이 이토록 빠른 시간 내에 움직인 것은 대한민국의 공군력증강계획을 손바닥 들여다보듯이 알고 있었단 뜻이었다.

대통령의 질문에 대답하던 국방부 장관의 목소리가 떨리는 것처럼 느껴졌다.

"대통령님, 지시를 내려주십시오."

"지금 우리 함대는 어디에 있지요?"

"독도 서쪽 5㎞ 지점에 있습니다. 공군은 모두 출격 준비를 마친 상탭니다."

"국방부 장관의 의견을 듣고 싶습니다."

"일본이 독도를 공격한다면 싸워야 합니다. 우리의 영토를 그들에게 내줄 수는 없습니다."

"싸우면 진다고 하지 않았습니까. 우리가 준비한 전투기가 들어오지 않은 상태에서 일본과 싸우면 전멸을 면치 못한다면서요?"

"그래도… 이대로 지켜볼 수는 없는 것 아닙니까. 대통령님, 명령을 내려주십시오. 대한민국의 군인들은 목숨을 바쳐 일본의 야욕을 격퇴시킬 것입니다."

국방부 장관의 목소리가 벙커를 울렸다.

진다는 것을 알면서도 싸워야 한다고 말을 하는 그의 눈은 시뻘겋게 충혈되어 있었다.

하지만 박무현 대통령의 눈은 깊게 침잠되어 있었는데 국방부 장관의 말을 듣고도 한동안 움직이지 않았다.

모든 각료들이 대통령의 입을 바라보았다.

대통령의 결정 하나로 오늘, 대한민국은 일본과의 일전을 불사하게 될지도 모른다.

국방부 장관의 말에 반대를 하는 각료들은 없었다.

지금은 반대를 하고 싶어도 반대를 할 수 없는 상황이다.

일본의 함대가 전진해 오는 상황에서 아무런 행동도 하지 않고 지켜보자는 말을 하는 순간 그는 변절자라는 오명을 뒤집어쓰고 말 것이다.

그럼에도 분위기는 더없이 가라앉을 수밖에 없었다.

질 수밖에 없는 전쟁.

그런 전쟁을 할 수밖에 없는 작금의 상황이 그들의 얼굴을 더없이 어둡게 만들었다.

박무현 대통령의 입이 다시 열린 것은 지그시 눈을 감고 뭔가를 생각하던 고개가 다시 들려졌을 때였다.

"지금 독도경비대는 어떻게 하고 있지요?"

"전투 준비에 들어갔습니다."

"그들의 숫자는 얼마나 되오?"

"정확히 100명입니다."

"그렇군요. 공격이 시작되면 그들은 모두… 죽임을 당하는 겁니까?"

"선제공격에서 살아남은 확률은 없습니다."

"우리가 먼저 공격하면요?"

"전면전으로 바뀌게 됩니다. 놈들은 기다렸다는 듯 선전포
고를 하고 총부리를 한반도로 향할 것입니다."

"그렇다면 일본이 독도를 공격할 때까지 기다려야 된다는
뜻입니까. 100명의 경비 병력이 모두 죽임을 당할 때까지?"

"그건 어쩔 수 없는 일입니다. 지금 중요한 것은 일본이 공
격을 한 후의 상황입니다. 반격을 할 것이냐 참을 것이냐를
결정해야 후속 조치를 할 수 있습니다. 대통령님, 명령을 내려
주셔야 합니다."

국방부 장관이 다시 한 번 결정을 재촉했다.

시간이 없었다.

지금 이 순간도 일본의 함대는 독도를 향해 항진하고 있을
것이다.

대통령의 휴대폰에서 진동이 울린 것은 국방부 장관이 이
를 악문 채 안타까운 시선으로 바라볼 때였다.

한동안 대통령은 휴대폰을 만지지 못하고 자신을 바라보는
국방부 장관의 눈을 마주했다.

고독하다.

자신의 결정을 기다리는 국방부 장관의 눈에 들어 있는 분
노가 올올이 느껴졌다.

그럼에도 그는 쉽게 그의 분노에 대한 답을 해주지 못했다.

도대체 역대 정권들은 나라가 이 지경이 되도록 무슨 짓을

했단 말인가.

스스로 나라를 지키지 못할 정도로 엉망이 되어버린 조국의 아픔이 그의 가슴을 비수처럼 찔러왔다.

한참 동안 말이 없던 대통령의 손이 움직인 것은 휴대폰이 끊임없이 비명을 질러댔기 때문이었다.

천천히 휴대폰을 들은 대통령의 눈이 번쩍 빛났다.

그런 후 그는 각료들을 주욱 둘러본 후 짧게 한마디를 남겼다.

"회의를 하고 계세요. 잠깐 전화를 받고 오겠습니다."


대통령은 지하 벙커에서 벗어나 빠르게 1층으로 올라갔다.

그런 후 부지런히 걸음을 옮겨 집무실로 향했다.

집무실에는 정 의장이 그를 기다리고 있었는데 그 뒤에 서 있는 사람은 강태산이었다.

"정 의장님, 어쩐 일이세요?"

"상황이 급하다는 소릴 들었습니다. 그래서 왔으니 양해해 주시기 바랍니다."

정 의장의 인사를 받은 대통령의 시선이 강태산으로 향했다.

정 의장을 봤을 때와는 다르게 이채를 띤 눈빛이었다.

"자네는 청룡 아닌가. 오랜만일세."

"대통령님, 그동안 편안하셨습니까?"

"뭐라고 대답해야 될지 모르겠군. 정 의장님, 지금 내려가 봐야 합니다. 아시고 온 것 같은데 일본이 곧 독도를 공격할 것 같습니다."

"그것 때문에 왔습니다. 청룡, 말씀드리게."

정 의장이 강태산을 향해 시선을 돌리자 대통령의 눈에 의문이 더욱 커졌다.

국가가 위급한 시기에 갑자기 들어온 사내.

대한민국 최고의 전사라 불리는 암호명 청룡의 입이 천천히 열리기 시작했다.

"대통령님. 어떤 결정을 하셨습니까?"

"그걸 왜 묻나?"

본능적인 거부감이었을 것이다.

청룡이 비록 조국을 위해 사지로 들어가 싸운 전사였지만 전쟁에 대한 1급 비밀을 아무런 주저함 없이 말해준다는 건 어려운 일이었다.

하지만, 강태산의 눈은 차갑게 빛나고 있었다.

"대통령님. 일본이 독도를 공격해도 싸우면 안 됩니다. 만약 그런 명령을 내리셨다면 당장 거둬들여야 합니다."

"그게 무슨……."

"잘 아시겠지만 지금 일본과 싸우면 대한민국은 그들에게 짓밟히는 결과를 낳게 될 겁니다."

"자네… 그럼 나보고 생때같은 젊은이들이 죽어가도 가만 있으란 말인가?"

"그렇습니다."

"이보게!"

"독도에는 100명의 의경들이 있다고 들었습니다. 대통령님, 희생은 그들에 한해야 합니다. 잘못된 판단을 내린다면 셀 수 없는 군인과 국민들이 목숨을 잃을 수 있습니다. 준비되지 않은 전쟁은 하는 것이 아닙니다."

"으… 청룡, 자네 도대체 무슨 소리를 하고 싶은 건가. 나는 대한민국의 대통령일세. 조국을 지킬 의무가 있는 사람이란 말이야. 그런 내가 일본이 두려워 가만히 있는다면 우리 국민 은 어쩌란 말인가!"

"우리는 일본의 만행을 그냥 두고 보지 않을 겁니다. 다만, 함선과 전투기를 동원해서 싸우지 않을 뿐이지요."

"나는 당최 무슨 말인지 이해할 수 없구먼."

"대통령님, 저에게 맡겨주십시오. 제가 일본을 무너뜨리고 오겠습니다."

"자네가 어찌… 혼자서 뭘 어쩌겠다는 말인가?"

"저는 청룡입니다. 대한민국의 수호자 청룡. 수호자 청룡의 위력은 일본의 군사력에 결코 뒤지지 않습니다."

말을 끝낸 강태산의 몸이 순식간에 사라졌다.

방금까지 눈앞에서 서 있던 강태산은 집무실 그 어디에도 없었다.

그리고 조금 이따가 멀리서 폭발음이 들려왔다.

쾅!

대통령은 물론이고 정 의장까지 놀란 눈으로 사방을 두리번거릴 때 사라졌던 강태산이 다시 그들 앞에 나타났다.

"보셨습니까. 저는 방금 청와대의 정문까지 다녀왔습니다."

"그런 말도 안 되는……."

"확인해 보시면 알겠지만 방금 저는 청와대의 정문을 주저앉히고 왔습니다. 이것은 제 능력의 극히 일부에 불과합니다."

"지금 그걸 나보고 믿으란 말인가?"

"대통령님. 저를 상대할 수 있는 힘은 세상 그 어디에도 없습니다. 대통령님께서는 그런 저에게 명령을 내릴 수 있는 유일한 분이십니다. 제가 일본으로 가서 그들이 한 짓에 대한 대한민국의 분노를 보여주고 오겠습니다."

강태산이 굳은 음성으로 말하는 와중에 청와대 전체가 시끄럽게 변하기 시작했다.

여기저기서 터지는 고함 소리.

고함 소리에는 정문이 괴한에게 공격했다는 경호원들의 악을 쓰는 외침이 섞여 있었다.

급하게 창문으로 다가간 박무현 대통령의 입이 저절로 벌어졌다.

경호원들이 무기를 꺼내 들고 방어를 하기 위해 부지런히 움직이는 것이 보였는데 멀리서 바라보이는 정문은 흔적을 찾아보기 어려울 정도로 박살이 나 있었다.

"저게 자네가 한 짓이라고?"

"그렇습니다."

"허어, 방금 전까지 여기 있었는데 어떻게······."

"제가 초인이기 때문입니다. 세상에 존재하는 모든 힘을 초월한 자들을 사람들은 초인이라 부르지요. 저에게는 막강한 힘이 있습니다. 믿기 어려우시겠지만 믿으셔야 합니다.

"어허, 나는 마치 꿈을 꾸는 것 같구먼."

"이제 내려가셔서 각료들에게 지시를 내리십시오. 나머지는 제가 알아서 처리하겠습니다."

"이것은 전쟁일세. 자네가 무서운 사람이란 건 믿지. 하지만 그것은 불가능한 일이야."

"불가능한 일이 아닙니다. 저의 존재가 강대국들이 가지고 있다는 핵무기보다 더 무섭다는 걸 보여 드리지요. 저를 믿고 기다려 주십시오. 제가 일본을 무릎 꿇게 만들 테니 말입니다."

　　　　*　　　　　*　　　　　*

　서건창은 정 상병이 급히 무전을 치는 장면을 지켜보다 눈을 부릅떴다.

　그들이 무전을 치고 있는 사이에 전 병력이 완전무장을 한 채 쏟아져 나왔기 때문이었다.

　병력은 반으로 갈려 선착장으로 내려갔고 나머지는 바위를 따라 설치된 진입로 요소요소에 배치되었다.

　뭔가 이상했다.

　지금까지 일본의 도발이 8차례나 있었지만 이렇게 모든 병력이 전투 모드로 전진 배치 되는 건 처음 있는 일이었다.

　그랬기에 그는 헐레벌떡 다가온 신 일병에게 대뜸 소리를 질렀다.

　"야, 무슨 일이야!"

　"실제 상황이랍니다. 이번에는 훈련이 아닌 모양입니다."

　"무슨 개소리냐. 훈련이 아니면 뭐 여기를 공격이라도 한다는 거야?"

　"아무래도 불길합니다. 상부에서 계속 무전이 날아오고 있습니다. 지금 전투 배치도 국방부의 지시에 의한 것이랍니다."

　"이런, 씨발."

　서건창이 말을 마치고 일본 함대 쪽으로 시선을 돌렸다.

함정은 점점 뚜렷한 형체를 띠며 다가오고 있었다.

그때서야 뭔가 이상했다.

일본의 기동 훈련 장면을 여러 번 봤지만 독도를 향해 이 정도로 가깝게 접근한 것은 처음이었다.

바다에 근무하면서 거리에 대한 감각이 무뎌졌다.

가깝게 보이는 것도 막상 거리를 재면 자신의 생각보다 훨씬 멀다는 것을 일병이 훨씬 지나서야 알았다.

대충 봤을 때 일본의 함선 거리는 1㎞가 넘었으나 눈앞으로 불쑥 다가온 것처럼 선명해졌다.

더군다나 엄청난 규모의 함선이었다.

문제는 함선의 중심에 항공모함이 있다는 것이었다.

마치 갈매기가 나는 것처럼 한 대의 전투기가 항모에서 발진하는 것이 보였다.

그러더니 차례차례 전투기가 날아올라 하늘을 지배하기 시작했다.

귓구멍이 터지는 것 같았다.

두 대의 항공모함에서 날아오는 40여 기의 탑재기들은 하늘을 장악한 채 독도를 중심으로 위력시위를 하기 시작했다.

기가 막혀 말이 나오지 않았다.

100명의 병력이 완전무장을 한 채 배치되어 있었지만 기껏 무장이라 봐야 K—12 자동소총이 전부였다.

그들은 군인이 아니라 경찰이었고 전쟁을 위해 파견 나온 병력이 아니라 독도를 지키기 위해 존재하는 사람들이었다.

본능적으로 시선이 돌아갔다.

일본의 함대가 왔다면 대한민국의 함대도 와 있어야 한다.

하지만 대한민국의 함대는 어디에도 찾아볼 수 가 없었다.

섬뜩하게 고개를 쳐든 서건창의 입에서 고함이 터져 나왔다.

하늘을 장악한 일본 전투기들로 인해 평상시의 목소리로는 전혀 들리지 않았다.

"대장님은 어디 계시냐?"

"선착장 쪽으로 내려가셨습니다. 병력을 배치하느라 정신없을 겁니다."

"부대장님은?"

"병력을 이끌고 등대 쪽으로 올라갔습니다. 곧 이쪽으로 오실 것 같습니다."

"환장하겠네."

작계에 따른 행동들이었다.

병력을 책임지고 있는 사람들은 작계에 따라 독도 방위를 위해 전투 위치를 확인하고 있을 것이다.

눈을 돌려 함대 쪽을 바라보자 점점 거대한 함선이 위용을 자랑하며 다가오고 있었다.

기가 질렸다.

항공모함 전대의 위력이 어마어마하다는 소릴 들었지만 직접 눈으로 확인하자 기가 질려 말이 나오지 않았다.

일본의 함대가 정지한 것은 독도에서 약 500m 떨어진 지점이었다.

'휴……'

일본 함대가 정지하자 자신도 모르게 긴 한숨이 흘러나왔다.

어쩌면 공격이 아닐지도 모른다는 생각이 들면서 불안감에 젖어 있던 몸이 늘어졌다.

하지만 그의 생각은 틀렸다.

거대한 함선 사이를 뚫고 십여 척의 상륙정이 꿈틀거리며 빠져나왔던 것이다.

그리고, 갑자기 함대 쪽에서 붉게 타오르는 노을을 뚫고 빛줄기가 긴 궤적을 그리며 날아왔다.

뒤늦게 소리가 들렸다.

두두둥… 두둥, 둥… 다다당.

항모를 호위하는 구축함에게서 일렉트릭 30㎜ 기관포가 독도를 향해 무차별적으로 쏟아지는 소리였다.

"엎드려!"

화려한 불빛이 빗줄기처럼 날아오는 것을 보면서 서건창이 주변에 있던 병사들을 향해 소리를 지르며 고개를 바위 밑으로 수그렸다.

정확한 판단.

서건창의 외침이 끝나자마자 곧이어 방어선을 형성했던 곳이 초토화되기 시작했다.

일본함대는 독도의 특수성을 감안해서 포사격을 자제한 채 기관포만 가동하고 있었으나 독도경비대를 무력화시키기에는 그것으로 충분했다.

"살려… 줘……!"

미친 듯이 쏟아지는 기관포의 소음을 뚫고 끊어질 듯 이어지는 신음 소리가 들려왔다.

서건창은 고개를 수그리고 있다가 악착같이 들려오는 그 신음 소리를 들은 후 고개를 비틀었다.

으…….

뒤늦게 합류했던 신 일병은 팔 한쪽이 통째로 날아간 채 입에서 피를 토하며 그를 바라보고 있었다.

그 옆에는 이제 입대한 지 두 달밖에 되지 않은 윤 이병이 가슴에 구멍이 난 채 쓰러져 있었다.

서건창은 이를 악물었다.

현실이 아니야. 이건 꿈인 게 분명하다.

부정하고 싶었다.

그가 있는 독도가 공격당하고 있는 이 현실을.

그러나 기관포탄은 수많은 병사들의 피를 잡아먹으며 그를 향해 끊임없이 무섭게 다가서는 중이었다.

그들을 향해 쏟아지는 기관포는 우박처럼 쏟아지며 바위를 부쉈는데 마치 번개가 쏟아지는 것처럼 느껴졌다.

바위 뒤에 숨겼던 몸을 꿈틀거려 신 일병을 향해 천천히 움직이기 시작했다.

"안 됩니다, 서 병장님. 나가면 위험합니다."

옆에서 고개를 박고 있던 정 상병이 고함을 질렀다.

그의 눈에 들어 있는 두려움.

정 상병은 바위에 몸을 붙인 채 꿩이 바닥에 대가리를 쳐박은 것처럼 꼼짝하지 못하다가 빗발처럼 쏟아지는 기관포 속으로 움직이는 서건창을 확인한 후 목이 터져라 소리를 질렀다.

손을 들어 괜찮다는 신호를 보내고 포복으로 신 일병을 향해 다가갔다.

살릴 수 있다.

팔 한쪽만 떨어져 나간 것이니 빨리 지혈만 하면 목숨을 살릴 수 있을 것 같았다.

바닥에 바짝 엎드린 채 다가가자 신 일병이 남은 한 팔을 내미는 것이 보였다.

삶에 대한 의지.

홀어머니가 자신을 키웠다는 신 일병.

제대하면 빨리 돈을 벌어서 어머니를 호강시켜 드리고 싶다는 말을 입버릇처럼 했던 놈.

놈의 살고 싶어 하는 눈초리가 마치 환상을 보는 것처럼 다가왔다.

신 일병을 끌어안고 미친 듯이 바위 뒤쪽을 향해 움직였다.

최선을 다해 다리를 굴렀으나 그가 왔던 바위는 천 리처럼 멀게 느껴졌다.

'윽.'

다리에서 극심한 통증이 몰려왔다.

퍼뜩 눈을 들어 바라보자 기관포에 튕겨져 나온 바위 조각이 다리를 뚫고 들어와 있는 것이 보였다.

그러나 고통을 느낄 새가 없었다.

신 일병을 바위 뒤로 끌고 온 서건창이 자신을 향해 다가온 정 상병을 향해 소리를 쳤다.

"붕대, 붕대 없어?"

"없습니다."

"이 새끼야. 그럼 옷이라도 벗어!"

서건창은 꾸역꾸역 몰려나오는 신 일병의 왼팔을 손으로 막은 채 정 상병을 재촉했다.

얼이 빠져 있던 정 상병이 자신의 상의를 벗은 후 소매를 뜯어내서 서건창에게 건넸다.

"신 일병, 인마. 정신 차려. 눈 감으면 안 돼!"

의식이 흐려지는지 눈을 감는 신 일병의 얼굴을 때린 서건창이 잘린 팔에다 옷을 칭칭 감았다.

지금은 이 방법밖에 없었다.

도움을 요청하고 싶었지만 눈을 돌려 바라본 독도의 상황은 최악이었다.

여기저기 쓰러진 병사들.

기관포에 당한 시체들이 널브러진 채 수습조차 못하고 방치되어 있었다.

"이런 좆같은……."

"서 병장님. 다리에서 피가 많이 나옵니다."

정 상병이 포복으로 다가와 남아 있던 자신의 상의를 돌이 박혀서 피를 흘리고 있는 다리에 둘둘 말았다.

아무런 소용이 없는 짓이란 걸 알면서도 그로서는 최선을 다하고 싶었던 모양이었다.

그때 무전기가 칙칙거리며 소음을 토해냈다.

─전 병력은 들어라. 일본 상륙선이 다가온다. 살아 있는 병사는 전력을 다해 놈들의 상륙을 막아라. 다시 한 번 반복한다. 마지막 그 순간까지 일본 놈들을… 크흑… 막아야 한

다. 씨발… 한 놈이라도 더 죽이고 저승에서 만나자…….

대장의 목소리였다.

간헐적으로 끊어졌다 들려오는 목소리.

치명적인 부상을 입었는지 그의 음성에는 참지 못할 고통이 담겨 있었다.

고개를 내려 신 일병을 바라보자 축 늘어진 머리가 들어왔다.

팔에서는 더 이상 피가 흐르지 않고 있었다.

팔이 통째로 뜯겨져 나간 신 일병의 죽음에 서건창의 입에서 울분이 쏟아져 나왔다.

"이 개새끼들아!"

충혈 된 두 눈에서 눈물이 차올랐다.

왜… 왜, 독도가 너희들 땅이란 말이냐!

함정에서 비처럼 쏟아지던 기관포는 일본 병력을 잔뜩 실은 상륙정이 부두로 들어서자 멈추었다.

그때부터 곳곳에 방어진지를 형성하고 있던 생존 병력의 총에서 불이 뿜어졌다.

서건창은 K—12 자동소총을 부두에 상륙하고 있는 일본군을 향해 조준 사격을 가했다.

자동으로 놓고 쏠 수 없었다.

그가 가지고 있는 총알은 겨우 탄창 두 개 분량 60발이 전부였으니 적중률이 떨어지는 자동사격은 자제할 필요성이 있었다.

하지만 그것은 그의 생각뿐이었다.

독도 곳곳에 틀어박혀 있던 경비대의 병력 중 상당수가 자동으로 부두를 향해 총탄을 퍼부었다.

독도는 오직 부두가 하나밖에 없다.

그것도 대형 상륙정은 한 척밖에 들어오지 못할 정도로 좁기 때문에 상륙 병력들은 하선하면서 거의 20여 명이 경비대의 총탄에 물귀신이 되었다.

일본군도 죽어갔지만 피해를 더 본 것은 독도경비대였다.

기관포의 집중 사격으로 50여 명만 남아 있던 경비대 병력은 일본군이 상륙하자 일제사격을 가했는데 그것이 위치를 노출시키는 결과로 나타났다.

멈추었던 기관포가 다시 가동되었고 상륙을 위해 접근하던 일본의 상륙정에서 J—25 기관단총이 불을 뿜었다.

순식간에 저항하던 독도경비대의 병력이 또다시 반으로 줄어들었다.

그리고 저항이 약해지자 일본의 특수부대가 상륙에 성공하며 계단을 오르기 시작했다.

서건창은 두 눈을 질끈 감고 있다가 자리에서 벌떡 일어났다.

현재 그의 위치는 상륙군과 가장 가까운 곳이었지만 바위에 가려 진격하는 일본군이 보이지 않았기 때문이었다.

자동으로 클릭을 조정한 서건창은 이를 악물었다.

놈들의 집중사격으로 인해 정 상병은 온몸이 난자된 채 목숨을 잃어 이제 이곳에 남은 것은 오로지 그뿐이었다.

아버지, 그리고 어머니.

죄송합니다.

멋진 아들의 모습을 보여 드리고 싶었지만 이젠 어려울 것 같습니다.

먼저 가더라고 슬퍼하지 마세요.

살아서 못 한 효도는 저승에서 꼭 해드리겠습니다.

벌떡 일어난 서건창은 바위를 짚고 고개를 내미는 적들을 향해 미친 듯이 총을 갈겼다.

순식간에 세 명이 계단 아래로 굴러떨어졌다.

목숨을 버린다는 각오를 가슴속에 새겼으니 머릿속에는 아무런 두려움도 없었다.

그랬기에 그는 당당하게 일어서서 계속 밀려드는 적들을 향해 총탄을 퍼부었다.

정 상병의 남아 있던 탄창까지 모두 비운 그는 총을 던지고 바다를 향해 섰다.

최선을 다했으니 조금의 후회도 남아 있지 않았다.

멀리서 바라본 바다가 더 없이 아름다웠다.

마지막으로 보는 바다라서 그런가?

웃고 싶은데 웃음이 나오지 않아 그저 멍하니 바다를 바라보았다.

두두두두…….

마치 꿈결처럼 총소리가 들려왔다.

그런 후 곧 그의 전신에 총알이 틀어박혔다.

몸이 바다를 향해 떨어졌다.

죽는 것이란 이런 것이구나.

평화로웠다.

몸속을 헤집은 총탄의 고통보다 더 그의 심장을 뜨겁게 만든 것은 어머니에 대한 그리움이었다.

어머니.

안녕히 계세요. 보고 싶습니다…….

마지막 눈물.

바다로 떨어져 내리는 서건창의 눈에서는 진주처럼 영롱한 슬픈 눈물이 흐르고 있었다.


＊　　　＊　　　＊


"독도에 기어코 일본군이 상륙했습니다."

"우리 경비대는… 어찌 되었소?"

박무현 대통령의 음성이 떨려 나왔다.

그것은 보고를 하던 국방부 장관의 목소리도 마찬가지였다.

"모두 전사한 것으로 추정됩니다."

"으……."

"인공위성으로 확인한 결과 기관포로 집중 공격을 한 후 상륙했습니다."

"이, 미친 자들을!"

"대통령님, 이제 결정을 내려주셔야 합니다."

국방부 장관이 새빨개진 눈으로 대통령을 쳐다보았다.

그에 맞춰 자리에 앉아 있던 국무위원들의 눈이 전부 대통령에게 향했다.

"일본의 주력은 어떻습니까?"

"일본 측은 만반의 준비를 하고 기다리는 중입니다. 일본 전역에 산재되어 있는 120기의 JK—21이 이륙 대기 중이며 300여 기의 JK—5도 출격 준비를 마친 상탭니다. 일본 해군은 현재 2개 항모전대가 전부 독도 근해에 몰려 있습니다."

JK—21은 미국이 자랑하는 F—22 랩터와 비견될 정도로 뛰어난 전술기로서 스텔스 기능을 탑재하고 있으며, 또 다른 JK—5는 JK—21의 전 모델로서 스텔스 기능만 없을 뿐 세계

유수의 전투기보다 막강한 위력을 지녔다고 알려진 일본의 주력기였다.

항모에 탑재되어 있는 JK—21 40대까지 포함한다면 근거리 전투에 가동되는 모든 주력이 움직였다는 뜻이었다.

그랬기에 박무현 대통령의 침묵이 길어졌다.

대통령의 입이 다시 열린 것은 국방부 장관이 못 참겠다는 듯 엉덩이를 들썩거릴 때였다.

누구보다 강성인 그는 당장에라도 반격을 하고 싶은 모양이었다.

"장관님, 우리는 반격을 하지 않습니다."

"대통령님!"

"누가 저에게 이런 말을 하더군요. 국민의 안전이 우선이라고. 지는 전쟁을 벌이는 것은 어리석은 짓이라더군요."

"우리 국민은 현재의 상황을 받아들이지 않을 것입니다."

"알고 있습니다."

"국민들의 반대에도 불구하고 독도를 넘겨주자는 말씀입니까. 전쟁에 진다고 해서 국가의 자존심을 내팽개친다면 대한민국은 전쟁에 진 것보다 훨씬 커다란 상처를 입게 됩니다."

"독도는 대한민국의 땅입니다. 절대 넘겨주는 일은 없을 겁니다."

"그럼 어쩌실 요량입니까?"

"반격을 해도 준비된 상태에서 해야 합니다. 앞으로 보름 후면 JK—21과 비슷한 성능의 전투기들이 들어옵니다. 그리고 나는 국민들을 설득해서 단시간 내에 일본보다 뛰어난 전력을 구축할 생각입니다. 놈들에게 뒤지지 않는 전투기를 확보한 후 독도를 되찾겠습니다. 그때… 이 치욕과 분노를 고스란히 되돌려 줄 생각입니다."

"너무 오랜 시간이 걸립니다. 자칫 독도를 정말 잃어버릴 수도 있습니다."

"내가 대통령직에 있는 한 이 약속은 반드시 지킵니다. 반드시 일본이 후회하도록 만들 겁니다."

"일본은 우리의 전력 향상을 그냥 두고 보지 않을 것입니다."

"아니요. 그자들은 그냥 두고 볼 수밖에 없습니다. 혼이 나간 자들은 멀리 있는 위험을 감지하기 어려운 법이니까요."

"그게 무슨 말씀이십니까?"

"지금은 말씀드리기 어렵습니다만 곧 결과가 나타날 테니 기다려 주세요. 일본은 조만간 엄청난 혼란에 빠지게 될 거요."

오랜 회의를 끝낸 박무현 대통령은 벙커에서 벗어나 2층에 있는 자신의 서재로 향했다.

무거운 발걸음.

마치 다리에 무거운 추를 걸어놓은 것처럼 그의 발걸음은 힘들게 움직이고 있었다.

문을 열고 들어서자 소파에 앉아 있는 정 의장의 모습이 보였다.

"대통령님, 안색이 안 좋아 보이십니다."

"의장님……."

"왜 그러십니까?"

"저는… 결국 반격을 하지 않겠다고 말했습니다. 우리나라 땅, 독도를 빼앗겼는데도 말입니다."

"어쩔 수 없는 일입니다. 저도 청룡과 마찬가지 의견입니다. 전쟁은… 질 수밖에 없는 전쟁은 엄청난 국민의 희생을 강요하게 되니까요."

"100명이나 되는 젊은이들이 목숨을 잃었습니다. 그런데 도… 저는 각료들 앞에서 비겁한 변명만 늘어놓고 말았습니다."

"…대통령님."

"싸우고 싶었습니다. 지는 한이 있더라고 놈들에게 제 목숨이 여기 있으니 가져가라며 소리치고 싶었습니다. 그런데 저는, 크흑……."

비틀거리던 박무현 대통령이 스르륵 소파에 주저앉았다.

그런 후 두 손을 얼굴에 묻고 깊은 오열을 흘러냈다.

대통령의 눈물.

조국과 국민을 위해 한평생을 달려왔던 그의 눈에서는 분노와 슬픔이 혼재된 눈물이 서럽게 떨어지고 있었다.

조국을 사랑하지 않아서 피한 전쟁이 아니었다.

죽어간 젊은이들의 목숨이 가치가 없기 때문은 더욱 아니었다.

그의 가슴속에 있는 것은 오직 하나.

대한민국의 번영뿐이었으니 치욕을 참아내고 인내해서 복수를 하는 것이었다.

그럼에도 슬펐다.

이대로 참아야 하는 자신의 처지가 너무나 억울했고 죽어간 젊은이들에게 미안해서 얼굴을 들 수 없었다.

그들은…….

죽는 그 순간까지 자신이 구해줄 거라는 희망을 가진 채적을 향해 총을 쏘았을 것이다.

제5장
**악마가 되는 길**

강태산은 일본이 독도를 점령한 그날 일본으로 날아갔다.

긴급하게 청룡대원들을 소집한 강태산은 나리타공항에서 도쿄로 들어와 곧장 국정원의 비밀 아지트에 자리를 잡았다.

대원들이 속속 도착하기 시작한 것은 강태산이 홀로 맥주를 마시고 있을 때였다.

저녁 8시.

모든 대원이 거실에 모이자 강태산이 주방에서 맥주병을 짝으로 가져왔다.

이런 경우는 처음이다.

강태산은 작전에 나가면 언제나 차가울 정도로 냉철해지는데 오늘은 이전과 너무 달랐다.

맥주병을 받아 들며 먼저 입을 연 것은 부대장 유상철이었다.

"대장님, 어쩐 일이십니까. 술을 다 주시고요?"

"그냥, 오랜만에 만나니까 반가워서 그래."

강태산의 대답에 질문을 던졌던 유상철은 물론이고 나머지 대원들까지 얼굴이 굳어졌다.

이것도 처음이다.

느낌으로 알 수 있었다.

강태산의 이 한마디는 이번 임무가 얼마나 힘든 것인지 단적으로 알려주는 것이었다.

그러나 유상철은 곧 얼굴을 펴고 다시 입을 열었다.

청룡으로 살아오는 동안 언제나 죽음을 옆에 달고 살아왔다.

죽음이 그를 두렵게 만들 수는 없다는 뜻이다.

"작전 지시를 먼저 해주시죠. 반가운 건 사실이지만 술을 마시면서 임무를 들을 수는 없는 것 아닙니까?"

"자넨 너무 고지식해."

"다 대장님한테 배운 겁니다."

"그런가? 한국은 어때, 지금쯤 난리가 났겠지?"

"당연한 거 아니겠습니까. 독도를 빼앗겼으니 전 국민이 들고일어난 상탭니다. 언론과 인터넷은 물론이고 모이는 사람들마다 그 이야기뿐입니다."

"반응은?"

"국민들은 일본의 만행에 반격을 하지 않는 정부를 향해 분노를 터뜨리고 있습니다. 아마, 내일 낮이 밝으면 거리로 쏟아져 나올 겁니다."

"대통령님이 힘드시겠구만."

"많은 고민을 하셨겠지요. 그나저나 대장님, 우리 임무는 뭡니까. 일본으로 왔으니 독도와 관련 있는 거겠죠?"

"당연하지."

"말씀하십시오."

"그럼 지금부터 너희들의 임무에 대해서 말해주겠다. 너희 임무는 공군 기지에 산재되어 있는 일본의 주력기 JK—21를 폭파시키는 것이다."

"뭐라고요!"

강태산의 지시에 소리를 지른 것은 차지연이었다.

정말 말도 안 되는 작전.

단 8명으로 일본의 최신예 전투기들을 폭파시키겠다는 강태산의 지시는 대원들을 그냥 죽으라는 것과 마찬가지 명령이었다.

더군다나 JK—21은 일본 전역의 비밀 기지에 산재되어 있기 때문에 이 인원으로 동시에 공격한다는 것은 불가능에 가까운 일이었다.

그랬기에 언제나 냉정한 유태호마저 강태산의 말이 끝나자마자 의문을 나타냈다.

"대장님, 우리는 놈들의 기지가 어디 있는지조차 모릅니다. 더군다나 위치를 안다 해도 산재되어 있고 철통 같은 방어선이 펼쳐 있을 겁니다. 하나씩 때려 부수기엔 시간이 너무 많이 걸릴 뿐만 아니라 노출되면 접근하기조차 힘들어집니다. 실현 가능성이 너무 희박한 작전인 것 같습니다."

"놈들의 JK—21은 서해안 쪽에 집결되어 있다. 결코 불가능한 일이 아니야."

"아……."

강태산의 한마디에 대원들의 입에서 동시에 탄성이 흘러나왔다.

너무 갑작스러운 작전이라 미처 다른 것을 생각하지 못했던 대원들은 금방 상황을 이해했다.

일본은 독도를 점령하면서 한국의 반격에 즉각적으로 대응하기 위해 JK—21을 서해안 쪽으로 전진 배치 해놓은 게 분명했다.

수많은 비밀 기지에 산재되어 있던 JK—21가 일본 서해안 공군 기지에 집결되어 있다면 충분히 해볼 만했다.

하지만 그렇다 해도 쉬운 일은 아니었다.

서해안만 하더라도 십여 개의 공군 기지가 있었으니 정확한 위치를 파악하지 못한다면 정해진 시간 내에 타격을 입히기 어렵다.

더군다나 JK—21를 지키기 위해 방어선을 형성하고 있는 병력들을 뚫고 전투기를 폭파시킨다는 건 목숨을 걸어야 하는 일이다.

강태산의 표정은 좋지 않았다.

위험하고 어려운 일이란 걸 알기 때문이다.

"부대장!"

"예, 대장님."

"내일 오전 중으로 JK—21의 정확한 집결지를 알려주겠다. 그러니 너는 조를 편성해서 공격 준비를 해놓도록. 무기는 국정원에서 준비해 놓은 게 있으니까 그걸 써."

"말씀이 이상합니다. 대장님은 같이 하지 않습니까?"

"나는 따로 갈 데가 있다."

"어딜 말입니까?"

"일본이 한 짓에 대해서 복수를 해야지."


*　　　　*　　　　*

일본의 항공막료장 이시가와는 공군 상황실에서 밤새도록 한국 공군의 출동을 감시하다가 아침이 되어서야 상황실에서 빠져나왔다.

세면을 하고 싶었다.

계속해서 스트레스를 받았더니 머리는 기름기가 가득했고 입안은 텁텁해서 미칠 것만 같았다.

잠시 자리를 비워도 괜찮을 거란 판단이 내려졌다.

더군다나 상황실에는 최고위 참모들이 자리를 지키고 있었기 때문에 상황이 발생하면 정밀한 시스템이 가동하면서 즉각적인 대응이 가능했다.

하루가 지나도록 반격하지 않는 한국.

참모들과 만약의 사태가 벌어졌을 때의 상황을 체크하면서 미리 준비해 놓은 전술 전략을 거듭 고심하던 그는 한국의 움직임이 없자 회심의 미소를 지었다.

바보 같은 놈들.

사무라이 정신이 하나도 없는 놈들이다.

일본의 정신은 당장 죽는다 해도 자존심을 굽히지 않는 것이었으나 한국 놈들은 그렇지 않았다.

하긴 그것은 한국의 굴종적인 역사만 봐도 충분히 알 수 있었다.

한국은 수많은 외세의 침입에 굴복하며 수모의 세월을 부지 기수로 보낸 나라였다.

어찌 보면 영악한 행동으로 볼 수도 있었으나 그것은 왕권 유지에 연연한 군주들의 욕심이었지 국민들의 고통을 생각해 서 결정한 행동은 절대 아니었다.

한국의 정신이 그렇다.

욕심에 젖은 왕과 외세에 결탁해서 자신의 안위를 위해 조 국과 민족을 배반했던 변절자들이 언제나 권력의 정점에 서 있었으니 국가의 자존심은 들판에 버려진 쓰레기처럼 취급되 곤 했다.

아마, 한국이 반격을 하지 않은 것은 현격한 전력 차이로 인해 전쟁이 벌어지면 진다는 두려움 때문일 것이다.

괜한 고생을 했다.

한국의 대응이 이 정도에 그칠 것이란 확신이 있었다면 예 전에 독도를 강점하는 것이 맞았다.

샤워실로 들어서서 옷을 벗었다.

50대 중반이 훌쩍 지나면서 부쩍 튀어나온 뱃살이 눈으로 들어왔다.

이제 은퇴할 시기가 다가옴을 느낀다.

항공막료장이란 중요한 자리에서 유종의 미를 거두고 은퇴 를 하면 여러 항공사에서 그를 스카우트하기 위해 미친 듯이 달려들 것이다.

안락한 노후.

자신의 남은 생은 고액의 연봉을 받으며 편안한 삶을 살아가는 탄탄대로가 펼쳐져 있었다.

뜨거운 물로 몸을 씻어 내리자 피로가 한꺼번에 풀리는 기분이 느껴졌다.

저절로 눈이 감겨지며 자신도 모르게 콧노래가 흘러나왔다.

비겁함에 사로잡혀 있는 적은 있으나 마나다.

만약 한국이 죽음을 담보로 전력을 다해 부딪쳐 왔다면 분명 일본도 커다란 손실을 입었을 것이다.

물론 그 이후 한국이 받는 타격은 일본이 받은 타격의 수십 배, 아니, 수백 배가 될 테지만 말이다.

머리를 감고 보디 워시로 몸을 닦아냈다.

이제 말끔하게 몸을 다듬고 상황실로 들어가면 꽤나 맛있는 도시락이 그를 기다리고 있을 것이다.

뜻밖의 목소리가 들려온 것은 거품을 모두 씻어내고 샤워기의 물을 잠글 때였다.

"이시가와!"

"누구냐?"

"콧노래까지 부르는 걸 보니 기분이 좋은 모양이구나. 하지만 나는 기분이 좋지 않아. 그래서 말인데, 네 입에서 나온 노랫소리를 고통에 찬 신음 소리로 바꿔줘야겠다.”

강태산은 대원들에게 출발 명령을 내리고 차지연과 함께 아지트를 나왔다.

그들이 떠날 때 청룡 대원들도 강태산이 알려준 공군 기지를 향해 출발했다.

“힘든 임무다. 하지만, 죽지 마라!”

강태산이 떠나면서 대원들에게 한 이야기였다.

JK—21이 배치되어 있는 공군 기지에는 철통같은 방어막이 쳐져 있을 것이다.

얼마나 죽을까.

어쩌면 그들은 한 사람도 돌아오지 못할 수도 있다.

그럼에도 대원들은 웃는 얼굴로 강태산을 향해 손을 흔들었다.

그들의 시선, 그리고 웃음.

방금 헤어졌는데도 오랜 시간이 지난 것처럼 자꾸 희미해져 갔다.

보내고 싶지 않았지만 보내야 했다.

자신이 한 일에 대해 일본이 어떤 결정을 내릴지 모르는 한 만약의 사태를 대비할 필요성이 있었다.

강태산이 앞만 보고 걸어가자 옆을 따르던 차지연의 불쑥 물었다.

"우린 어디로 가요?"

"우린 같이 가지 않는다."

"그게 무슨 소리예요. 우리 같이 가는 거 아니었어요?"

"너를 공격조에서 뺀 것은 네가 할 일이 있어서야. 너는 지금부터 국정원 요원을 접촉해서 대원들의 후퇴로를 개척해 놔야 한다."

"대장님!"

"조용히 하고 내 말 들어. 무엇보다 중요한 임무다. 작전이 끝나면 일본은 우릴 잡기 위해 총력을 기울일 게 분명해. 그러니까 대원들을 살리고 싶다면 철저하게 준비해 놓으란 말이다."

"일부러 그런 겁니까?"

"뭐가 말이냐?"

"혹시 내가 죽을까 봐 나만 일부러 뺀 거냐고 물은 거예요."

"쓸데없는 소리."

"대장님, 말해봐요. 날 좋아하는 거죠, 그렇죠? 그래서 내가 죽을까 봐 무서웠던 거죠?"

차지연은 입술을 깨물고 있었다.

총명한 그녀가 모를 리 없다.

청룡의 대원들은 사지로 들어간 거나 다름없었다.

청룡에 몸을 담았으니 그녀 역시 죽음 속에서 삶을 살아왔다.

하지만, 작전을 나갈 때마다 죽는다는 생각은 하지 않으려 했다.

산다는 것. 누군가를 사랑하며 산다는 것은 삶을 사랑하게 만들었다.

지옥으로 들어가는 문에서 그녀만 빼버린 강태산의 의도가 너무나 궁금해서 물었다.

아닐 거라는 걸 뻔히 알면서도 그렇게 물은 것은 그녀의 바람인지도 모른다.

그러나 강태산은 표정은 변하지 않았다.

그녀의 질문에 대답을 하지 않았고 대신 뭔가 적힌 쪽지를 불쑥 내밀었을 뿐이다.

"너를 도와줄 국정원 요원의 전화번호다. 한시가 급하니까 서둘러. 몸조심하고 나중에 보자."

"당신… 도대체 어딜 가는 건데요. 혹시 죽으러 가는 건 아니죠!"

"나는 걱정하지 말고 대원들과 함께 서울로 돌아가 있어. 내가 나중에 연락할게."

"정말, 할 건가요?"

"그래."


강태산은 차지연을 떼어놓고 곧장 후쿠시마로 향했다.

도쿄에서 후쿠시마까지의 거리는 130㎞.

태을경공을 이용하면 1시간이 채 걸리지 않을 거리였다.

인간의 힘으로는 불가능한 일이었지만 강태산에게는 어려운 일이 아니었다.

그것도 내공을 조절해서 움직였을 때의 얘기고 전력으로 운용하면 그 반밖에 소요되지 않는다.

대중교통을 이용하거나 승용차를 쓰면 편하게 갈 수도 있었다.

하지만 그렇게 하지 않은 것은 자신의 정체를 노출시키지 않기 위함이었다.

자신이 욕을 먹는 것은 얼마든지 감당할 수 있지만 대한민국이 욕을 먹는 건 내키지 않았다.

지금부터 그가 하고자 하는 것은 지옥의 악마만이 할 수 있는 일이기 때문이었다.

후쿠시마.

인구 25만의 소도시로서 온천으로 유명했고 원전 사고로 인해 한동안 고통받았던 섬이다.

원전이 대부분 바닷가에 위치하고 있는 이유는 원자력을 이용해서 발전을 할 때 발생하는 열을 식히는 냉각수를 원활하게 공급하기 위함이었다.

그런 측면에서 봤을 때 후쿠시마는 최적의 위치라고 볼 수 있었다.

강태산은 언덕에 서서 후쿠시마를 바라보았다.

전형적인 소도시의 모습.

평화로웠고 조용했다.

하지만 도시를 바라보는 강태산의 눈은 냉정하게 가라앉아 있었다.

길게 뿜어지는 담배 연기가 하늘을 향해 솟구쳐 올라갔다.

누군가의 가슴을 아프게 만든 자들은 그에 상응하는 슬픔을 받아야 한다.

수많은 사람의 목숨을 잘라 버린 강태산에게 그것은 언제나 간직해 온 신념이었다.

담배 한 모금에 상념 하나.

떠날 때 만났던 박무현 대통령의 눈에는 깊고 깊은 슬픔이 담겨 있었다.

대한민국 역사상 가장 존경받는 대통령.

조국을 위해 자신의 몸조차 돌보지 않으며 일에 매달려 온 철혈의 정치인.

그런 대통령이 독도경비대의 전멸을 예감하며 커다란 절망감을 느끼고 있었다.

안쓰러웠으나 위로를 하지 않았다.

그는 자신에게 위로 받을 만큼 약하지 않다는 것을 너무나 잘 안다.

대통령의 슬픔은 오직 하나.

그의 고통은 국민을 지키지 못했다는 자괴감에서 나오는 것일 뿐이니 곧 다시 일어나 영광된 대한민국을 만들기 위해 최선을 다할 것이다.

강태산은 고요 속에 잠겨 있는 후쿠시마를 바라보다가 천천히 몸을 돌렸다.

거기에는 도시와 전혀 어울리지 않는 둥근 형태의 건물들이 줄지어 늘어서 있었다.

왼손에 든 한월에서 저절로 한기가 일어났다.

간다.

하나의 슬픔을 준 자에게는 두 개의 절망을.

누군가의 목숨을 뺏은 자에게는 삼족의 멸(滅)을 준다.

야차. 그래, 나는 창공을 노닐며 피를 뿌리는 야차다.


강태산은 천천히 후쿠시마의 원자력 발전소를 향해 다가갔다.

일본에서 마지막으로 남아 있는 6기의 원전.

일본은 원자력발전소의 위험을 감지하고 계속해서 원전을 줄여왔으나 전력량이 부족하다는 이유로 이곳 후쿠시마의 원전을 복구해서 운영하고 있었다.

경비 병력이 보였다.

원자력발전소는 정부에서 운용하는 시설이나 엄밀히 따진다면 민영화되어 있어 이익의 상당 부분이 민간인에게 넘어간다.

국가적으로 중요한 시설이었고 파손이 발생했을 때 치명적인 위험이 도사리지만 워낙 안전하게 관리되기 때문에 평상시에는 군 병력의 보호를 받지 않았다.

하지만, 지금은 달랐다.

일본 정부는 독도를 점령하면서 일급 비상령을 가동시킨 모양이었다.

그럼에도 강태산은 바람처럼 움직여 병력들의 감시망을 그대로 통과했다.

보이지 않는 신형.

태을경공을 전력으로 시전하자 그의 몸은 바람이 되어 그들의 눈에서 사라졌다.

오래 끌 생각은 없었다.

후쿠시마에 설치되어 있는 6기의 원전을 모두 망가뜨리기 위해서는 최대한 서둘 필요성이 있었다.

발전소 안으로 들어가자 수많은 통로가 미로처럼 설치되어 있는 것이 보였다.

강태산은 독보적인 능력을 지닌 침투 요원이었고 각종 전자전에도 능했다.

그랬기에 그는 통로에 설치되어 있는 CCTV의 사각지대로 이동하면서 감시망을 무력화시켰다.

목표물을 찾는 것은 어려운 일이 아니었다.

수많은 통로가 미로처럼 펼쳐져 있었으나 그가 원하는 목표물은 원통형으로 만들어진 구조물뿐이었다.

태을경공을 운용하며 이동하던 강태산의 손에서 한월이 날아갔다.

사각이 없는 CCTV.

워낙 빠르게 이동했고 벽과 천장을 이용했기 때문에 지금까지는 CCTV를 무력화시킬 수 있었지만 원자로가 설치되어 있는 곳에 접근하자 사각을 없앤 수많은 카메라가 작동하고 있었다.

팍, 팍, 팍.

공간을 가르고 나간 한월이 한꺼번에 세 개의 CCTV를 파괴하고 돌아왔다.

강태산은 곧장 앞으로 돌진해서 거대한 문 앞에 섰다.

문은 강철 합금으로 만들어져 더없이 견고해 보였는데 복잡한 인식 장치가 설치되어 있었다.

강태산은 주저하지 않았다.

현천기공을 끌어 올려 한월을 치켜들자 푸르고 선명한 도기가 피어올랐다.

촤르륵…….

한 번, 두 번, 세 번.

단 세 번의 칼질에 강철 문이 종이짝처럼 찢어져 나갔다.

문 안으로 들어선 강태산의 몸이 그대로 날았다.

원자로가 있는 시설에는 세 명의 연구원이 일을 하고 있었는데 강태산의 칼은 조금의 망설임도 없이 그들의 급소를 때렸다.

원자로를 파괴하는 것은 의외로 간단하다.

강렬한 열을 내뿜는 원자로를 식히기 위해 설치된 냉각 시설을 파괴하면 핵연료가 용융되면서 수소 폭발을 일으키기 때문이다.

강태산은 원자로에 연결되어 있는 선들을 단칼에 잘라 버렸다.

그런 후 선들에 연결되어 있던 전원과 냉각시스템을 파괴해 버렸다.

강태산의 눈이 움직였다.

주요 시설을 파괴했음에도 그는 날카로운 눈으로 주변장치들을 확인했다.

일본은 그 옛날 원전 사고 이후 안전성을 높이기 위해 피동 촉매형 수소 재결합기를 추가 설치 해놨다는 정보를 미리 입수했기 때문이었다.

완벽한 파괴가 필요하다.

일본이 손을 쓸 수 없을 정도로 원전을 피폭시키기 위해서는 철저하게 망가뜨릴 필요성이 있었다.

날카로운 눈으로 사방을 훑은 강태산은 목표물을 확인하고 손에 든 한월을 움직여 한쪽에 설치되어 있는 사각의 물체를 부숴 버린 후 문을 향해 날아올랐다.

벌써 건물은 비상을 알리는 벨이 정신없이 울리고 있는 중이었다.


똑같은 방식으로 6기의 원전을 파괴한 강태산은 태을경공을 펼쳐 빠져나간 후 3㎞ 정도 떨어져 있는 산 정상으로 올라갔다.

일단 냉각 능력이 상실되면 연료봉의 과열, 보일러의 수위 저하, 연료 피복 관의 용융, 수소 발생, 격납 용기 압력 상승 과정이 진행되고, 대략 20시간 이후부터 폭발이 시작된다.

일본의 기술진은 원전에 이상이 생겼다는 것을 확인하면

미친 듯이 복구 작업을 펼칠 것이다.

그러나 강태산은 철저했다.

전원 공급에 관한 모든 시스템은 물론이고 지하에 철저하게 숨겨놨던 비상 발전 시설까지 박살 냈기 때문에 원전의 복구는 불가능에 가깝다.

더군다나 저녁이 되면서 후쿠시마의 원전은 어둠 속에 빠져들었다.

전원이 완전히 끊겨 버린 6기의 원전.

산 정상에서 바라본 원전은 비상 서치라이트가 난무하고 있었으나 어둠을 밝히기에는 턱없이 부족했다.

전기 공급에 필요한 예비 부품을 가져오기 위해서는 많은 시간이 걸릴 수밖에 없다.

그 이야기는 곧 폭발을 막을 수 없다는 걸 뜻하는 것이었다.

강태산은 담배를 꺼내 들고 붉은빛이 어지럽게 흔들리는 원전을 향해 연기를 길게 뿜어냈다.

벌써부터 위험을 감지한 차량들이 미친 듯이 빠져나오는 것이 보였다.

원전이 폭발하는 순간 일본의 중심부 동쪽은 쑥대밭으로 변하게 될 것이다.

얼마나 많은 사람들이 죽을지 모른다.

6기의 원전이 폭발하면서 내뿜는 방사능이 유출되는 순간 일본은 공황 상태에 빠져들 수밖에 없었다.

후회되는가?

아니, 나는 후회하지 않는다.

누군가의 가슴을 아프게 만들었다면 그에 상응하는 보복은 당연한 것 아니겠는가.


\*       \*       \*


유상철은 설민호와 함께 히로시마 현 쇼바라 시 외곽으로 향해 갔다.

항공자위대 비행단은 쇼바라 시 서쪽으로 10㎞ 정도 떨어진 곳에 위치하고 있었다.

시 외곽으로 빠져나와 비행단과 가까워지자 그들은 국정원에서 받은 무기들을 온몸에 장착하기 시작했다.

현재 시각 새벽 03:00.

다른 곳으로 간 청룡대원들도 지금쯤 공격 준비를 마쳤을 것이다.

중무장이다.

개인당 국방연구원에서 최근 개발한 K-51 자동소총과 강력한 폭발력을 자랑하는 유탄발사기 PO-300을 소지했고 근거지 공격을 위해 능동형 수류탄을 10발씩 챙겼다.

그러나 가장 중요한 것은 일본의 최신예 전투기 JK—21의 숨통을 끊어버리기 위해 준비한 고성능 폭탄 '유령'이었다.

'유령'은 휴대가 가능할 정도로 소형이었지만 그 폭발 범위는 개당 20m를 뒤덮을 정도로 강력했다.

적외선 고글을 착용한 유상철이 손가락을 들어 전방을 가리켰다.

쇼바라 시 비행장은 완벽할 정도로 방어선이 형성되어 있었는데 적의 침투를 막기 위해선지 곳곳에 벙커가 설치되어 있었다.

"민호야, 우선 벙커와 서치라이트를 제거하자."

"라저."

"우리는 한쪽을 뚫고 들어간다. 저곳 보이지?"

"보입니다. 두 개의 벙커가 있군요."

"내가 동쪽에 있는 서치라이트를 부술 테니 그때를 이용해서 벙커를 제거해."

"알겠습니다."

"이동!"

유상철이 먼저 몸을 일으켰다.

그리고는 교차해서 비추는 서치라이트의 사각지대를 향해 뛰어들었다.

엄청 빠른 속도.

무기가 가득 담긴 완전군장을 메고도 태을경공을 사용한 그의 몸은 서치라이트가 교차되어 어둠을 발생시킨 그 짧은 시간을 이용해서 무려 50m를 이동했다.

그 뒤를 설민호가 따랐다.

하지만 방향이 다르다.

설민호는 유상철이 뛰어간 방향과 약 15도 정도 우측으로 뛰었는데 정확하게 벙커와 벙커의 중간 지점이었다.

교차된 접근.

강렬한 서치라이트를 뚫고 비행장 100m 전방까지 접근한 두 사람의 신형이 멈추었다.

비행장은 대낮처럼 밝은 상태였다.

비행장에서 켜놓은 불빛은 그들이 멈춘 곳까지 어둠을 뚫고 들어올 정도였다.

유상철이 유탄발사기 PO-300를 공중으로 치켜 올린 것은 무전기에서 설민호가 목표 지점까지 도달했다는 음성이 흘러나왔을 때였다.

파앙.

짧고 강렬한 음향.

원거리 방어를 위해 설치되어 있던 서치라이트를 향해 유탄이 거칠게 날아갔다.

하지만 날아간 것은 그것뿐이 아니었다.

유상철이 공격을 시작하는 순간 설민호의 PO—300도 동시에 불을 뿜었다.

콰앙. 쾅. 콰쾅…….

연속되는 폭발음과 동시에 네 군데서 불꽃이 피어올랐다.

귀신같은 사격 솜씨.

설민호는 벙커 안으로 정확하게 유탄을 때려 넣은 후 담을 향해 번개같이 달려갔다.

그 뒤를 유상철이 가로지르며 따라왔다.

갑작스러운 공격으로 방어 병력이 혼란스러워할 때 비행장 안으로 침투해야 했다.

3m가 훌쩍 넘는 담을 두 사람은 단박에 뛰어넘었다.

한 번의 도약으로 뛰어넘은 것이 아니라 도약의 탄력을 이용해서 담장을 붙잡고 넘은 것이었지만 그것만으로도 대단한 도약력이었다.

순식간에 담장을 넘은 설민호가 먼저 비행장을 비추고 있는 LED 전등을 향해 총탄을 퍼부었다.

다수의 적을 상대하기 위해서는 먼저 조명을 부술 필요성이 있었다.

설민호가 거침없이 총탄을 퍼부으며 차례대로 조명을 제거하는 동안 유상철은 전력을 다해 격납고 쪽으로 뛰어갔다.

그들의 목적은 오직 하나.

일본이 자랑하는 40기의 JK—21을 제거하는 것뿐이었다.

유상철이 격납고에 거의 도착했을 때 설민호가 있는 쪽에서 폭탄 소리가 함께 여기저기서 사격하는 소리가 나오기 시작했다.

경비 병력이 반격을 시작한 모양이었다.

그러나 그는 뒤를 돌아보지 않았다.

설민호 혼자서 방어 병력을 상대하기에는 무리가 있겠지만 그는 격납고에 도착하자 즉각 유탄발사기를 꺼내 들었다.

콰앙!

문을 부수고 안으로 들어가자 4대의 전투기가 보였다. 매의 부리처럼 날카로운 형체. 틀림없는 JK—21이었다.

유상철은 군장에서 '유령'을 꺼내 전투기 사이에 두 개를 놓고 스타트 스위치를 눌렀다.

폭발 예정 시간은 1분.

폭탄을 설치한 유상철이 격납고 밖으로 총알처럼 튀어나갔다.

그러자 그를 향해 총탄이 날아들기 시작했다.

파바바박…….

여전히 설민호 쪽에서는 날카로운 총격적인 벌어지고 있는 중이었다.

시간이 없다.

비행단을 방어하는 주력 병력이 서쪽으로 1㎞ 떨어진 곳에 주둔하고 있었기 때문에 최대한 모든 것을 끝내지 못한다면 포위 공격을 당해야 한다.

유상철은 날아드는 총탄 사이를 뚫고 다음 격납고로 이동했다.

이제 죽고 사는 것은 아무것도 아니었다.

그의 머릿속에 가득 담긴 것은 오직 하나. 저승사자라고 불리는 일본의 최신예 전투기 JK—21을 마지막 한 대까지 무력화시키는 것뿐이었다.

콰앙!

똑같은 방식으로 폭탄을 설치하고 빠져나올 때 첫 번째 격납고에 설치한 폭탄이 터졌다.

예상대로다.


설민호는 쏟아져 나오는 적들을 향해 유탄발사기를 연속으로 날리다가 유탄이 모두 떨어지자 이번에는 능동형 수류탄으로 출구를 봉쇄했다.

그들이 들어온 곳과 다른 방향을 지키던 벙커 병력들이 총을 쏘아댔으나 그는 메뚜기가 펄쩍거리는 것처럼 뛰어다니며 잠에서 깬 추가 병력이 뛰어나오는 것을 막았다.

그러나 적들은 한쪽 입구가 봉쇄되자 다른 쪽을 통해 빠져 나오기 시작했다.

그때 격납고 쪽에서 폭발음이 들렸다.

퍼뜩 고개를 돌렸던 설민호가 이를 악물었다.

다른 쪽에서 빠져나온 적들이 격납고가 파괴되는 것을 확인하고 유상철을 잡기 위해 무차별적으로 총격을 가하는 것이 보였기 때문이었다.

이대로는 안 된다.

이번 작전에서 그의 임무는 어떤 일이 벌어져도 유상철을 엄호하는 것이었다.

출구 봉쇄를 포기한 설민호는 유상철을 추격하는 일본 방위 병력의 뒤를 추격하며 K—51을 난사했다.

달리면서 쏘는데도 그의 사격술은 귀신같았다.

콰앙!

또다시 폭탄 터지는 소리가 들렸다.

두 번째.

열 개의 격납고 중 2개가 터졌으니 아직도 10분 정도는 더 버텨야 한다.

이제 적들의 병력은 사방에서 쏟아져 나오고 있었다.

그나마 다행인 것은 미리 조명을 제거했기에 적들이 조준 사격을 할 수 없게 만들었다는 것이다.

적외선 고글을 쓴 설민호는 이제 유상철과 20m까지 거리를 좁힌 후 격납고 사이로 숨어들었다.

눈먼 총탄을 피하기 위해서는 엄폐물이 필요했다.

설민호는 미친 듯이 사방을 향해 총탄을 퍼부었다.

몸에 장착해 뒀던 50발 탄창이 벌써 다섯 개나 소진되었고 총열은 열기를 확확 뿜어내며 달아올랐으나 그는 유상철을 엄호하기 위해 안간힘을 썼다.

그가 K—51을 바닥에 내려놓은 것은 비행장 밖에서 수많은 차량이 굉음을 울리며 다가오는 소리가 들렸을 때였다.

씨발, 지원 병력이다.

급히 군장을 풀어 제친 설민호가 원터치 무선으로 작동되는 크레모아를 꺼내 들었다.

엄폐물에서 빠져나가는 것이 위험했으나 그는 다섯 개의 크레모아를 꺼내 들고 격납고의 틈바구니를 빠져나오며 달렸다.

무방비 상태.

적들의 총탄이 사방에서 미친 듯이 날아왔지만 그는 유상철의 뒤를 따라섰다가 달리기를 반복했다.

설민호가 휘청하며 쓰러진 것은 마지막 크레모아를 설치하고 난 후였다.

"타이거, 괜찮냐. 대답해!"

유상철은 다음 격납고를 향해 뛰어가며 무전기에 대고 악을 썼다.

느낌으로 알 수 있었다.

설민호가 자신을 엄호하며 따라오고 있다는 것을.

하지만 어느 순간 뒤통수가 따가워지며 총알이 빗발치듯 그를 향해 날아오고 있었다.

문제가 생겼다.

그러나 뒤를 돌아볼 수는 없었다.

골든타임을 놓치면 지옥의 악마를 살려줘야 할 것이고 그리되면 수많은 대한민국의 전투기들이 놈들에게 격추될 게 뻔했다.

그럼에도 설민호를 부르는 그의 목소리는 찢어질 듯 날카로웠다.

"민호야, 대답해. 어떻게 된 거야?"

—아직… 저 안 죽었습니다. 걱정하지 마십시오.

"다쳤냐?"

—팔에 관통상을 입었지만 괜찮습니다. 놈들은 제가 막을 테니 마무리나 잘하세요.

저절로 안도의 한숨이 흘러나왔다.

이제 남은 격납고는 둘.

이런 속도로 움직이면 본격적으로 적의 지원 병력이 들어오기 전에 탈출이 가능할 것 같았다.

설민호의 몸 상태가 걱정되었으나 유상철은 조금의 망설임도 없이 유탄발사기의 방아쇠를 당겼다.

그런 후 무전기에 대고 지시를 내렸다.

"타이거, 두 개 남았다. 뛸 수 있겠어?"

—다리는 괜찮습니다.

"그럼 즉시 따라와. 계획한 대로 동쪽 담을 넘어 탈출한다."

—잠시만요. 놈들에게 이별 선물 좀 하고요.


설민호는 땅바닥에 쓰러졌다가 이를 악물고 일어섰다.

오른쪽 심장 쪽에 한 방, 옆구리에 한 방을 맞았지만 방탄조끼가 그의 목숨을 살려주었다.

문제는 왼쪽 팔을 뚫어 버린 총탄이었다.

재빨리 눈을 들어 팔을 보자 다행스럽게 뼈는 상하지 않은 것 같았다.

피가 분수처럼 솟구치고 있었으나 설민호는 주머니에서 기폭 장치를 꺼내 든 후 놈들이 가까이 다가오기를 기다렸다.

국방연구소에서 개발한 무선 크레모아는 간편하다는 이점이 있었지만 대신 폭발력이 유선에 비해 반밖에 되지 않는 단점이 있었다.

살상반경으로 적들이 들어오기를 기다릴 때 유상철이 울부짖는 소리가 들려왔다.

살아 있다는 걸 확인시켜 주자 안심에 찬 신음 소리가 눈앞에서 들리는 것 같았다.

그의 K—51 소총이 불을 뿜었다.

이제 유리한 이점은 사라졌다.

적들은 폭파된 격납고의 불빛을 받으며 집중사격을 가해왔기 때문에 설민호의 주변은 온통 총탄으로 쑥대밭이 될 지경이었다.

기어코 설민호가 손에 든 기폭장치의 버튼을 눌렀다.

콰아앙!

첫 번째 크레모아가 터지며 순식간에 십여 명의 적이 날아갔다.

그때 바닥에서 벌떡 일어선 설민호가 연속으로 폭발되는 격납고의 불빛을 받으며 유상철을 향해 전력으로 뛰었다.

콰앙… 쾅!

다섯 개의 크레모아를 순차적으로 터뜨리며 달렸다.

추격 병력은 앞선 병력이 무더기로 목숨을 잃자 더 이상 다가오지 못하고 제자리에서 총탄을 갈겨대고 있었다.

팔은 다쳤지만 설민호의 두 다리는 생생했다.

전력을 다해 펼치는 태을경공이 적들의 집중사격을 교묘하게 무력화시켰다.

순식간에 적들과 거리를 벌린 설민호가 달려갔을 때 유상철은 마지막 격납고의 파괴를 끝내고 있었다.

"부대장님, 가시죠!"

"그래, 가자."

설민호가 소리를 지르자 격납고에서 튀어나온 유상철이 전력을 다해 동쪽 담장을 향해 뛰었다.

방어벽을 뛰어넘은 두 사람은 곧장 벌판으로 향하지 않고 담장의 어둠을 따라 반대편으로 돌았다.

적들의 시선을 혼란스럽게 만들기 위한 방법이었다.

두 사람은 뛰어넘은 곳과 30도 정도 틀어진 곳까지 어둠 속에서 움직이다가 곧장 태을경공을 운용해서 벌판을 빠져나가기 시작했다.

벌판에서 그들이 있었던 산까지의 거리는 1km가 조금 넘을 뿐이었다.

뒤쪽에서 우레와 같은 기관단총 소리가 들리더니 곧이어 휴대용 미사일이 날아왔다.

지원 병력이 본격적으로 그들을 공격하기 위해 차량에 장착된 기관포를 가동한 것이 틀림없었다.

갈지자로 뛰었다.

직선으로 뛰면 벌판에서는 기관포의 밥이 된다는 것을 너무나 잘 안다.

태을경공을 발휘하고 있는 두 사람의 신형은 일반 병사에 비해 족히 다섯 배는 빨랐다.

얼마나 빠른지 기관포와 추격 병력의 무차별 사격이 우스울 지경이었다.

더군다나 폭발로 인해 발생된 불빛 범위를 빠져나가자 총탄과 미사일은 헛된 공간을 때릴 뿐이었다.

수많은 차량이 벌 떼처럼 그들을 추격하기 시작한 것도 바로 그때부터였다.


먼저 산을 타고 오른 유상철이 뒤에서 다가온 설민호를 붙잡았다.

오른손으로 왼팔을 고정하고 있는 설민호는 얼굴 전체에 식은땀을 흘리고 있었다.

고통이다.

전력으로 후퇴하느라 끊어질 듯한 고통을 참았지만 생살이 반이나 뜯겨 나갔고 피가 계속 흘러 그의 팔은 엉망으로 변해 있었다.

"앉아!"

"일단 가시죠. 여기서 시간을 지체하면 안 됩니다."

"인마, 그냥 가면 넌 죽어. 빨리 앉아!"

소리를 지른 유상철이 군장을 내리더니 긴급 지혈제와 붕대를 꺼냈다.

그리고는 능숙한 솜씨로 상처 부위를 치료한 후 팔의 전후면에 압박대를 대고 붕대를 감았다.

한두 번 해본 솜씨가 아니었다.

하지만 그의 치료는 거기서 그치지 않았다.

라이프백을 꺼낸 그는 주사기와 약병을 꺼내서 설민호의 왼팔에 꽂아 넣었다.

총상을 입었을 때 사용되는 강력한 소염 진통제였다.

모든 조치를 끝내기까지 걸린 시간은 불과 5분.

설민호의 상처를 치료한 유상철이 벌떡 일어서며 홀쭉해진 군장을 챙겼다.

가져온 무기를 대부분 소진했기 때문에 그의 군장은 홀쭉하게 변해 있었다.

그건 설민호도 마찬가지였다.

"가자. 비너스가 기다린다."

"다른 팀은 성공했을까요?"

"성공을 못 했다면 죽었겠지."

설민호의 질문에 냉정한 대답이 돌아왔다.

하지만 설민호는 피식 웃으며 자신의 군장을 챙겼다.

물어본 자신이 어리석다.

청룡의 삶.

삶과 죽음의 경계선에서 임무만을 위해 살아온 자들이었으니 실패를 했다면 죽는 게 당연했다.

차지연이 봉고차를 대고 대원들을 기다린 곳은 기쇼코슈에서 북쪽으로 30㎞ 정도 떨어진 작은 마을의 외곽이었다.

유상철과 설민호가 작전을 펼친 히로시마와 20㎞ 정도 떨어진 이곳은 전형적인 시골 마을로서 전부 합해 30가구밖에 되지 않는다.

그곳은 청룡대원들이 작전을 펼친 세 군데의 비행장의 중간에 위치한 마을이었다.

초조했다.

과연 몇 명이나 살아 돌아올 수 있을까?

그동안 수없이 많은 작전을 펼쳤지만 이 정도로 위험한 작전은 처음이었다.

IS의 윌리앗 부대들과 전투를 치렀지만 일본은 근본적으로 정보와 공격 무기가 그들과 다른 레벨의 상대였다.

그럼에도 다행인 것은 아직 날이 밝지 않았다는 것이다.

세계 최고의 첩보 위성을 가진 일본이라 해도 어둠 속에서는 맹인이 될 수밖에 없다.

문제는 비행장을 수호하는 경비대였다.

비행장 자체에는 조종사와 정비병, 기간병까지 모두 합해도 200명이 조금 넘을 뿐이었지만 경비 부대는 최소 대대급으로 구성되어 있었고 최첨단의 무기 체계와 수송 능력을 가졌기 때문이었다.

접선 시간은 04:30.

새벽 2시에 시작된 작전.

공격 시간을 감안한다면 목표 지점에서 이곳 접선 지점까지 도착하기에는 정말 빠듯한 시간이었다.

손목을 들어 시계를 보자 4시가 조금 넘었다.

봉고차 안에는 만약의 사태를 대비해서 응급처치에 필요한 약품과 간단한 수술 기구들까지 실어 왔다.

그런 일이 발생하지 않기를 바랐지만 어쩔 수 없었다.

이번 작전은 그만큼 위험했기 때문이었다.

어둠 속에서 은닉한 채 하늘에 떠 있는 별들을 바라보았다.

일본의 하늘도 대한민국의 하늘처럼 아름다웠다.

별들 속에서 강태산의 얼굴이 떠올랐다.

그는 도대체 무슨 일을 벌이고 있는 걸까?

궁금했지만 물을 수가 없었다. 합동작전이 아니라면 다른 대원의 임무를 묻는 것은 금기였다.

보고 싶었다. 그리고 그가 잘못되지 않기를 간절히 기도했다.

잠깐의 상념. 잠깐의 그리움.

고요 속에서 떠올린 상상들이 잠시나마 초조함을 몰아냈다.

그러나 그 초조함과 긴장감은 귀에 꽂고 있던 이어폰에서 소음이 들려오는 순간 번뜩이며 되살아났다.

―비너스, 나는 라이온이다. 응답하라!

"말하라, 오버."

라이온은 서영찬의 암호명이었다.

그는 공격 2조였는데 시마네에 있는 비행장을 공격했었다.

―10분 후에 도착이다. 다른 팀은 복귀했나?

"아직 돌아오지 않았다."

―알았다.

"추격 병력은?"

―5km 정도 후방이다.

짧은 교신.

그가 도착 전에 무전을 해온 것은 그녀가 정위치를 하고 있는지 확인하기 위함이다.

차문을 열고 밖으로 빠져나와 K-51의 노리쇠를 당긴 후 사주경계에 들어갔다.

어느 방향에서 올지 모르지만 만약의 사태에 대비해야 했다.

각 조는 위치 확인 GPS를 보유하고 있었기에 그녀가 있는 위치를 정확하게 찾아올 것이다.

잠시 시간이 지나자 숲속을 뚫고 두 개의 인형이 나타났다.

하지만 두 개의 인형은 하나로 뭉쳐 있었다.

"라이온!"

"비너스!"

암호를 확인한 차지연이 나무 사이에서 귀신처럼 나타나 그들을 향해 다가왔다.

서영찬은 김중환을 업고 있었는데 온통 피로 물들어 있었다.

그 와중에도 김중환은 씨익 웃으며 차지연을 향해 엄지손가락을 치켜들었다.

"어떻게 된 거예요?"

"어깨 관통, 다리에 두 방 맞았어. 빨리 지혈시켜야 해."

"응급조치 안 했어요?"

"너무 급해서 할 수 없었다. 저 차냐?"

"예."

"수술 도구 가져왔어?"

"있으니까 서둘러요."

차지연이 등을 떠밀자 서영찬이 급하게 이동하더니 봉고차 안으로 들어갔다.

정말 대책 없는 사람들이다.

총탄을 맞고도 웃고 있는 김중환이나 그런 사람을 업고도 전혀 아무렇지 않은 듯 행동하는 서영찬이나 인간으로 보이지 않았다.

하지만 그들이 봤을 때는 차지연도 만만치 않았을 것이다.

만약 그녀가 총탄을 맞았어도 김중환과 비슷하게 행동했을 것이 분명했다.

두 사람이 봉고차 안으로 들어가고 5분 정도 지나자 이번에는 이어폰을 통해 유상철의 목소리가 흘러나왔다.

─비너스, 나 부대장이다. 정위치에 있나?

"있어요."

─5분 후 도착이다. 나머지 대원들은?

"2조 복귀. 3조는 아직입니다."

─알았다.

또 다른 침묵.

교신이 끝난 후 얼마 지나지 않아 숲속에서 유상철과 설민호가 튀어나왔다.

휴우…….

다행이다.

설민호는 팔을 다쳤는지 붕대를 싸매고 있었지만 유상철은 멀쩡해 보였다.

"자기야, 잘 있었어?"

"저놈의 주둥이. 다친 팔을 확 잡아 뽑을까 보다."

동갑네기인 설민호가 농담을 해오자 차지연이 눈을 부라렸다.

설민호는 식은땀을 흘리면서도 그런 그녀를 향해 해맑은 웃음을 짓고 있었다.

"라이온은?"

"지금 흑호를 치료 중입니다. 중상을 입었습니다."

"무기는 실려 있나?"

"저기 은닉해 놨습니다."

차지연의 손가락이 나무 사이를 가리켰다.

그곳에는 시커먼 물체들이 국방색 박스에 담겨 있었다.

"오케이. 민호야, 견딜 수 있겠냐?"

"그럼요."

"조금만 참아라."

유상철이 눈짓을 하자 설민호가 고개를 끄덕이더니 먼저 박스를 향해 다가갔다.

하지만 움직인 것은 차지연도 마찬가지였다.

이제 시간은 4시 30분을 향해 빠르게 흘러가고 있었다.

유탄발사기와 수류탄 등의 무기를 챙긴 세 사람은 즉시 방향을 나누어 경계 태세로 들어갔다.

청룡대원들에게 작전 시간은 반드시 지켜야 되는 철칙이었다.

그것이 후퇴와 관련된 것이라면 더욱더 그랬다.

주파수를 맞춘 유상철은 손목시계를 확인하며 시간을 보냈다.

공격 3조인 이태양과 유태호가 돌아오지 않는다면 그는 다른 대원들을 데리고 철수 지점으로 지체 없이 떠날 것이다.

그것이 룰이다.

정해진 시간에 돌아오지 못한 대원은 스스로 살길을 찾거나 끝까지 싸우다가 죽는 길뿐이었다.

멀리서 총소리와 육중한 기계음이 들리기 시작한 것은 손목시계를 확인한 유상철이 후퇴 명령을 내리기 위해 무전기를 꺼낼 때였다.

동북방.

총소리로 봤을 때 5㎞ 정도 이격된 거리였다.

"라이온, 위치를 고수해라. 나머지는 총격 방향으로 이동한다."

"라저."

대원들의 복창이 들려오자 유상철이 먼저 신형을 날렸다.

전력을 다해 운용한 태을경공.

현천기공이 일 단계의 극을 봤기에 그의 태을경공은 단거리

육상 선수보다 훨씬 빠르다.

동북방향으로 1㎞ 정도 질주한 유상철이 능선을 타고 오르자 벌판에서 쫓기고 있는 두 개의 신형이 눈으로 들어왔다.

일본군들은 추격을 하면서 계속 조명탄을 터뜨리고 있었기 때문에 벌판이 대낮처럼 밝았다.

갈기는 사람들은 볼 것 없이 이태양과 유태호였다.

눈에 불이 켜졌다.

그들의 몸놀림은 눈에 띄게 느려져 있었는데 부상을 당한 것이 틀림없었다.

그들을 추격하고 있는 것은 이십여 대의 전투용 차량과 새까맣게 깔린 병력들이었다.

무차별적인 난사.

위태로웠다.

워낙 벌판이라 신형이 완전 노출되어 있었고 거리도 급격하게 줄어들고 있었다.

유상철을 선두로 한 청룡대원들이 삼각 형태로 나뉘며 엄폐물을 찾아 흩어졌다.

누가 시켜서 한 일이 아니었다.

전투에 최적화되어 있는 청룡대원들은 적의 추격 위치를 확인하고 즉각 효율적인 공격대형으로 움직였던 것이다.

국방연구소에서 개발한 최신형 유탄발사기 PO—300은 최대사거리가 1500m를 넘는다.

더군다나 정밀한 조준 사격이 가능했고 파괴력이 강해서 웬만한 시설물은 단박에 부숴 버리는 괴물이었다.

'피융'

유상철의 손가락이 지체 없이 유탄발사기의 방아쇠를 당기자 주먹만 한 유탄이 추격 차량을 향해 날아갔다.

하지만, 그는 그것으로 그치지 않았다.

마치 기계처럼 유탄을 재 장전한 그는 또 다른 먹이를 향해 조준선을 바꿨다.

15도 상향.

'콰앙!'

세 번째 유탄이 날아갈 때 제일 전면에서 달려오던 전투용 차량이 폭발하며 뒤집혔다.

그리고 연속되는 폭발.

어느새 가세한 차지연과 설민호의 공격이 이어지자 벌판이 순식간에 아수라장으로 변했다.

그들의 공격에 다섯 대의 전투용 차량이 전복되었고 그 뒤를 따르던 병력수송용 트럭도 두 대나 나가 떨어졌다.

갑작스러운 공격에 이태양과 유태호를 추격하던 일본군이 혼란 속으로 빠져들었다.

회피 기동.

전투용 차량들이 먼저 방향을 틀었고 병력수송용 트럭들도 미친 듯이 속력을 올렸다.

그러나 그들의 회피 기동은 악마의 발톱을 피하지 못했다.

벌판은 이제 사냥터가 되었다.

조명탄이 사라진 벌판은 일본군 차량이 폭발하면서 만들어 낸 빛으로 가득 찼다.

귀신같은 사격 솜씨.

세 사람은 집중과 분산을 거듭하며 적들의 추격 의지를 분쇄해 나갔다.

일본군의 반격이 시작된 것은 반수 이상의 차량들이 폭파된 후부터였다.

두둥둥… 두둥.

유탄이 날아온 곳을 확인한 전투차량에서 섬광이 쏟아져 나왔다.

일 인치 대구경에서 쏘아진 기관포가 그들이 있는 곳을 쑥대밭으로 만들었다.

달리는 상태에서 탄착점을 형성한 기관포의 위력은 막강 그 자체였다.

"위치 변경. 전방에 있는 전투용 차량부터 잡는다. 알겠나?"

"라저."

기관포의 사격을 피해 엄폐물에 고개를 숙이고 있던 세 사람의 신형이 표범처럼 움직였다.

빠르다. 그리고 그냥 움직이는 것이 아니라 한번 이동할 때마다 적들의 사격을 피할 수 있는 바위나 구덩이를 활용했는데 한 치의 오차도 없었다.

위치를 옮긴 세 사람은 유상철의 지시에 따라 전면에서 미친 듯이 기관포를 갈겨대는 전투차량에 고성능 유탄을 퍼부었다.

마치 먹이사냥을 하는 것처럼 보일 지경이었다.

남아 있던 마지막 전투차량이 유탄에 맞아 뒤집어질 때 유상철의 고함이 이어폰을 타고 나머지 두 사람에게 전해졌다.

"위치 변경. 나는 3조를 구하러 가겠다. 두 사람은 추격하는 병력을 막도록."

"라저."

차지연은 유상철의 명령을 받자마자 있던 자리를 박차고 일어서서 전면을 향해 전속력으로 이동했다.

새까맣게 몰려오는 병력은 200명이 훌쩍 넘는 것처럼 보였다.

수송용 차량에서는 이미 병력이 모두 내린 상태였다.

위험을 최대한 피하기 위함이다.

병력이 탄 상태에서 유탄을 맞으면 한꺼번에 목숨을 잃기 때문에 내린 조치였을 것이다.

하지만 그것은 이태양과 유태호의 도주를 방치하는 대신 목숨을 구하기 위한 행동에 불과했다.

차지연은 산을 전부 내려간 후 작은 능선에 자리를 잡고 남아 있던 세 발의 유탄을 병력의 한가운데 쏟아부은 후 K—51 소총을 꺼내들었다.

추격군은 차지연과 설민호가 쏘아대는 유탄발사기의 위력을 피하기 위해 벌판 곳곳에 몸을 숨기고 일어서지 못했다.

장거리 공격을 퍼붓던 유탄 사격이 끝나자 은폐하고 있던 적들이 천천히 몸을 일으키며 추격을 시작했다.

하지만 그들은 K—51의 사격 범위로 들어서면서 또 다시 장벽을 만났다.

파앙… 팡… 팡!

일격 일사.

차지연과 설민호는 유탄 사격이 끝나고 더 이상의 폭발이 없자 몸을 일으켜 추격해 온 일본군들을 향해 정밀 조준 사격을 가했다.

엄청난 숫자의 병력은 아무런 의미가 없었다.

사람은 어둠속에서 본능적인 공포를 느낀다.

더군다나 그들의 뇌 속에는 불과 5분 만에 발생한 처참한 살육의 현장이 고스란히 담겨 있었기에 선두에 서 뛰던 동료들이 쓰러지자 또 다시 땅바닥으로 몸을 처박았다.

그때를 이용해서 유상철이 겨우 산자락까지 도착한 이태양과 유태호를 낚아챘다.

완전히 엉망이다.

이태양은 왼쪽 다리에 총상을 입었고 옆구리 부위와 어깨에서 피를 흘렸는데 유태호의 상황도 그보다 심하면 심했지, 절대 덜하지 않았다.

"괜찮냐?"

"아파 죽겠습니다."

"조금만 더 견뎌라. 가자!"

제대로 뛰지 못한다.

하긴 그럴 것이다 허벅지가 반쯤 갈라졌으니 걷는 것이 이상할 지경이었다.

그럼에도 유태호와 이태양은 유태호를 바라보는 눈빛이 생생했다.

아직 정신이 새파랗게 살아 있다는 뜻이었다.

그들이 산을 오르는 동안 2부능선에 자리를 잡았던 차지연과 설민호는 뛰어나오는 적들을 계속해서 때려잡았다.

이제 일본군도 더 이상 참지 않고 자리에서 일어서서 총을 쏘아대는 자들이 점점 많아지고 있었다.

돌격이다.

처음에는 둘, 셋씩 일어서던 일본군은 자신이 추격하던 자들이 산속으로 들어서자 무더기로 일어서며 돌격 대형을 형성한 채 무차별적으로 총을 쏘아댔다.

차지연은 유상철이 공격 3조를 부축하고 자신이 있던 2부 능선을 통과하자 설민호를 향해 무전을 날렸다.

"3분을 더 버틴다. 그런 후 크레모아를 설치하고 정상으로 후퇴하도록."

"오케이."

자동으로 클릭을 이동시킨 차지연이 추격대형을 이루며 돌진해 오는 일본군들을 향해 방아쇠를 당겼다.

두두두두… 파앙… 팡.

50발들이 탄창이 순식간에 비었다.

노리쇠가 멈추자 차지연은 오른쪽 옆구리에서 탄창을 꺼내 들고 20m정도 측방으로 이동했다.

본격적으로 추격 대형을 만든 적들이 집중 사격을 가해왔기 때문이었다.

또 다시 탄창을 모두 비운 차지연은 똑같은 방법으로 자리를 이동시킨 후 적들을 향해 K—51을 난사했다.

그녀가 가방에서 크레모아를 꺼내어 적들을 향해 설치한 후 몸을 일으킨 것은 정확하게 3분이 지난 후였다.

"민호, 후퇴해!"

"알았다."

태을경공을 이용해서 정상부로 달리며 차지연은 30m 간격으로 크레모아를 설치했다.

산은 높지 않았기 때문에 공격 3조를 부축하고 떠난 유상철의 모습은 보이지 않았다.

차지연이 정상에 먼저 도착하자 잠시 후 설민호의 모습이 나타났다.

다리를 다쳤기 때문인지 설민호의 몸놀림은 예전 같지 않았다.

"민호, 격발기 나한테 넘기고 먼저 내려가."

"괜찮겠어?"

"빨리 가. 금방 따라갈 테니까."

"그럼 고생해라. 먼저 간다."

자신의 몸 상태가 그녀에게 도움이 되지 않는다는 걸 너무나 잘 아는 설민호는 고집을 부리지 않았다.

설민호가 반대쪽 사면을 타고 사라지자 차지연이 차가운 눈으로 일본군이 산으로 오르는 것을 지켜봤다.

그런 후 첫 번째 격발 스위치를 눌렀다.

"콰앙!"

두 개의 크레모아가 터지는 소리는 천지를 울릴 정도로 강력했다.

볼 수는 없었지만 크레모아가 터지면서 날아간 200개의 강철구슬이 일본군들의 몸을 벌집으로 만들어 버렸을 것이다.

차지연은 시계를 바라보았다.

그런 후 1분이 지나자 두 번째 격발 스위치를 눌렀다.

또 다시 폭발음이 들리며 숲이 흔들리는 것이 보였다.

정신을 겨우 차리고 추격을 위해 오르던 일본군은 두 번째 크레모아로 인해 치명타를 입었을 게 분명했다.

그러나 차지연은 여전히 꼼짝하지 않고 서서 1분을 더 기다렸다.

그녀가 사면을 타고 빠르게 하산을 한 것은 마지막 크레모아까지 터뜨린 후였다.


차지연이 도착하자 시동을 걸고 있던 서영찬이 봉고를 출발시켰다.

현재 시간 4시 48분.

예상보다 18분이나 늦었다.

작전에서 18분이란 시간은 지옥을 수없이 왔다갈 수 있을 정도로 길다.

더군다나 이곳은 일본군의 영역이었고 그들을 잡기 위해 수많은 병력들이 추격을 벌이고 있었다.

각기 다른 방향에서 추격을 해온 일본군들은 이곳에서 벌어진 대규모 폭발음을 들었을 것이다.

위치가 확인되었다는 뜻이다.

서영찬은 적외선 고글을 착용한 채 봉고의 헤드라이트를 켜지 않았다.

위험했지만 지금으로서는 이 방법만이 최선이었다.

그들의 목표는 기쇼큐슈.

직선거리로 30km를 이동해야 했기 때문에 이런 상태라면 족히 1시간은 잡아야 한다.

접선 시간은 5시 30분.

동이 완전히 트기 전까지 도달해야 했지만 시간이 부족했다.

그나마 다행인 것은 일본 추격군들의 포위망에는 갇히지 않았다는 것이다.

3개의 공격조가 공격한 비행장은 기쇼쿠슈와 반대 방향에 있기 때문이다.

그럼에도 위험했다.

교전이 펼쳐졌기 때문에 그들의 위치가 노출되었으니 일본 군은 퇴로를 차단하기 위해 반대쪽에서 긴급히 병력을 올려 보낼 수도 있었다.

이태양과 유태호, 설민호의 치료는 불가능했다.

접선시간을 맞추기 위해 서영찬이 워낙 거칠게 운전했으니 총알을 빼낼 수가 없었다.

시골길을 벗어나자 국도가 나왔다.

지금부터가 진짜 위험했다.

일본군이 포위망을 구축했다면 국도를 차단했을 가능성이 컸다.

모든 것을 염두에 두고 작전을 짰다.

공격시작부터 후퇴까지 모두 합해서 3시간 반을 잡은 것은 일본군의 대처를 무력화시키기 위함이었다.

하지만 예상치 못했던 18분의 지연은 그들을 위험에 빠뜨리기에 충분했다.

우려했던 일이 생긴 것은 기쇼쿠슈를 10km 남긴 지점이었다.

퇴로를 차단하기 위해선지 일본군들이 바리케이드를 설치하고 있었던 것이다.

서영찬은 아직 준비가 덜 된 일본군들을 밟고 그대로 봉고차를 돌진시켰다.

격렬한 충격이 생겼지만 서영찬은 조금의 망설임도 보이지 않았다.

뒤쪽에서 자동으로 갈겨대는 총소리가 들렸다.

그런 후 봉고 후면으로 총탄이 쏟아져 들어왔다.

후면 유리창이 박살이 났고 범퍼가 총탄 세례를 받아 너덜

거렸다.

그때부터 서영찬은 헤드라이트를 켰다.

남은 거리는 10km.

이를 지그시 악문 서영찬이 액셀러레이터를 끝까지 밟았다.

추격을 피하기 위해 조심스럽게 운전하느라 시간이 지체되었지만 헤드라이트를 켠다면 10km의 거리는 7분 만에 주파가 가능하다.

'부웅.'

봉고차는 마치 날아가는 것 같았다.

급한 커브에도 서영찬은 속력을 멈추지 않았는데 그때마다 봉고차는 금방이라도 쓰러질 듯 휘청거렸다.

얼마나 달렸을까.

"여기예요!"

조수석에 앉아 있던 차지연이 서영찬을 향해 전방에 보이는 해변을 가리켰다.

해변까지의 거리는 족히 1km가 넘어 보였는데 차지연이 가리킨 곳은 오목하게 들어간 해구 부분이었다.

차지연의 고함에 서영찬이 브레이크를 밟았다.

그녀가 가리킨 곳은 더 이상 차로 이동이 불가능했기 때문이었다.

"서둘러. 영찬이는 태호를 맡아, 나는 태양이를 맡겠다. 나머지는 먼저 가서 준비해."

"알겠습니다."

대답을 한 차지연과 설민호가 태을경공을 이용해서 바위틈을 뛰어넘기 시작했다.

해안은 돌들로 가득 차 있었는데 사람이 이동하기에는 무척 어려울 정도로 험했다.

그랬기에 치료를 받았다지만 중상을 입은 김중환은 그들보다 훨씬 속도가 느렸다.

수십 대의 차량 불빛이 나타난 것은 차지연과 설민호가 먼저 해안에 도착했을 때였다.

거리는 많이 잡아도 2km정도.

더군다나 불빛들은 미친 듯 달려오기 있었기 때문에 점점 가까워지고 있었다.

차지연은 조금도 망설이지 않고 해안에 준비되어 있던 보트의 시동을 걸었다.

보트는 작았지만 8인승이었다.

시동을 건 차지연이 달려오고 있는 대원들을 바라보았다.

이제 남은 거리는 300m.

하지만 뛰어오는 걸음이 굼벵이처럼 느리게 보였다.

그때 미사일이 날아오기 시작했다.

추격을 해온 차량들은 도착도 하기 전에 이동식 미사일부터 날아 왔다.

절대 그냥 보내지 않겠다는 의지였다.

해안가가 일본군들이 쏜 미사일에 박살이 나기 시작했다.

그나마 다행인 것은 이동하면서 쐈기 때문에 정확도가 떨어졌다는 것이었다.

일본군들이 국도변에 차량을 늘어세우고 기관포를 쏘아대기 시작한 것은 대원들이 해변가에 도착해서 보트에 올랐을 때였다.

빠바바바박… 빠바박.

탄착점이 형성되면서 돌들이 비산했다.

그리고 섬광이 점점 보트를 향해 빠르게 다가왔다.

시동을 걸고 있던 차지연이 레버를 당기자 보트가 총알처럼 튀어나가기 시작했다.

섬광의 궤적이 보트가 있던 자리를 헤집으며 물보라를 피어 올렸다.

모든 총격을 피하는 기본은 S자형 이동이다.

그러한 교본을 차지연은 교과서처럼 보여주었다.

총알처럼 튀어나간 보트가 길게 선회하며 빠르게 바다를 향해 빠져나갔다.

탈출.

불가능에 가까웠던 작전이 완료되는 순간이었다.

이제 그들은 5km 전방에서 대기하고 있는 상어급 잠수함
에 나뉘어 타고 북한으로 이동할 것이다.

일본의 해군력이 아무리 막강해도 북한의 상어급 잠수함을
잡는 건 불가능에 가까웠다.

워낙 소형이었고 시동을 끈 채 해류를 타고 이동하기 때문
에 항모전단이 직접 움직여 잠수함 잡는 귀신, 링스헬기가 동
원되어도 그들을 잡을 수는 없다.

제6장
**악마가 되는 길 II**

일본총리인 나카타는 깊은 수면 속에 빠져 있었다.

요즘 들어 너무 무리를 해서 그런지 온몸이 녹초가 된 것 같았다.

선조들의 꿈.

역대 총리들이 하지 못했던 일을 드디어 해냈다.

이전 정권들은 세계의 비난과 한국의 반격을 두려워하며 다케시마에 대한 영유권을 입으로만 떠들었으나 그는 주변 강대국과의 조율, 그리고 막강한 군사력을 배경으로 다케시마를 되찾았다.

그 역시 두려웠다.

1억 3천만에 달하는 일본의 국민들이 그의 판단 여하에 따라 위험에 처할 수 있었으니 수많은 고민과 번민 속에서 망설였다.

국민들은 그의 단호한 결정에 의해 다케시마를 찾았다는 소식이 전해지자 열광을 거듭했다.

어떤 정권도 해내지 못했던 고토의 수복을 국민들은 진정으로 반기며 그의 지도력을 칭송했다.

만족감이 온몸을 적셔왔다.

한국은 반격할 엄두조차 내지 못했다.

과연 자신이 박무현 대통령의 입장이었더라면 어떤 결정을 내렸을까.

섣불리 장담할 수 없었으나 그였다면 한국의 대통령처럼 비겁하게 숨지는 않을 것 같았다.

국가의 자존심을 팽개친 채 안위 속에 숨어버린 박무현은 지렁이보다도 못할 정도로 가소로운 존재였다.

한국은 언론을 통해 일본의 행동에 대해서 맹비난을 퍼붓고 있었지만 그것은 힘없는 자의 절규에 불과한 짓이다.

세계의 어느 나라도 일본의 다케시마 강제 점유를 함부로 비난하지 못한다.

일본의 힘은 그만큼 크다.

더군다나 미국과 중국이 연합되었다는 건 이미 전 세계가 다 아는 내용이었으니 불쌍한 한국을 위해 섣불리 나설 만큼 어리석은 자들은 없을 게 분명했다.

한국의 반격이 없다는 걸 확인한 날, 오랜만에 일찍 잠자리에 들어 숙면을 취했다.

만약 한국이 반격을 가해왔다면 보름 동안은 엄청난 두통에 시달려야 했을 것이다.

한국은 공군력과 해군력이 약한 반면 육군은 엄청난 전력을 갖춘 나라였다.

점령이 어렵다는 뜻이다.

결국 하늘과 바다를 제압한 후 봉쇄 작전에 들어가야 한다는 뜻인데 그리되면 오랜 시간 불면의 밤을 보낼 게 뻔했다.

내일의 태양이 뜨면 그는 영웅으로 칭송되며 언론의 화려한 스포트라이트를 받게 된다.

첫째 날의 영광보다 훨씬 커다란 존경과 환호를 받으며 당당하게 국민들을 향해 설 수 있을 것이다.

따르릉… 따르릉…….

끝없이 울리는 전화벨 소리.

나카타는 침잠된 의식 속에서 본능적으로 손을 허우적댔다.

전화벨 소리는 시간이 지날수록 또렷하게 들려오고 있었다.

"여보세요?"

"총리님, 큰일 났습니다. 원전이 공격당했습니다."

"그게 무슨 소리요!"

이불을 박차고 일어선 나카타가 고함을 버럭 질렀다.

원전이라니……

전화벨 너머에서 들려온 목소리의 주인공은 관방장관이었다.

"후쿠시마에 있는 6기의 원전이 공격당한 상탭니다. 위급한 상황입니다. 급히 총리실로 나오셔야 할 것 같습니다."

"으… 알았소."

나카타의 얼굴은 이미 사색이 되어 있었다.

일본에 마지막으로 남아 있는 후쿠시마의 원전 6기.

도쿄의 전력 사용량이 워낙 많다 보니 폐기되었던 후쿠시마의 원전을 완벽하게 새로 리빌딩하여 재가동한 게 불과 5년 전의 일이었다.

후쿠시마의 원전은 일본이 자랑하는 핵과학기술이 모두 동원되어 최고의 안전성을 자랑했고 진도 8의 지진에도 끄떡없도록 설계되었다.

미친 듯이 옷을 챙겨 입기 시작했다.

이제 다 늙은 마누라는 그가 갑자기 일어나서 옷을 갈아입자 놀란 눈으로 바라보며 무슨 일이냐고 물었다.

하지만 그는 아무런 대답을 하지 않았다.

그의 머릿속에 들어 있는 것은 오직 하나.

원전에 아무런 문제가 없어야 된다는 것뿐이었다.

또 다시 전화벨이 울기 시작한 것은 그가 옷을 모두 갈아입고 안방을 빠져나가려 할 때였다.

"여보세요?"

"총리님, 방위대신입니다. 긴급하게 보고드릴 일이 있어서 전화드렸습니다."

"무슨 일이오?"

"히로시마 비행장을 비롯해서 JK—21이 배치된 세 개의 비행장이 공격당하고 있습니다."

"뭐라고요!"

"정체불명인 자들의 공격입니다. 상황이 안 좋은 것 같습니다."

"흐으… 피해는 확인되었소?"

"아직입니다. 지금 교전중입니다."

"알겠소. 지금 나가는 중이니까 가서 이야기합시다."


나카타가 비상상황 발생 시에 가동되는 상황실로 들어서자 벌써 관방장관과 방위대신, 그리고 원전의 주요책임자들과 항공막료장이 나와 있었다.

현재시각 새벽 3시.

상황실은 이미 사람들로 북적이고 있었는데 초긴장 상태였다.

총리 나카타가 의장석에 앉자 관방장관의 지시로 원전담당 주무부서의 본부장이 브리핑을 시작했다.

비행장을 공격당한 것보다 원전이 더 급했고 위중했기에 나카타는 원전부터 보고를 받고 싶어 했다.

"현재 후쿠시마에 있는 6기의 원전이 모두 공격을 당했습니다. 원자로를 구성하고 있는 모든 시스템이 파괴되었고 비상 발전 시설과 피동촉매형 수소 재결합기까지 망가진 상탭니다."

"요점만 말하시오. 그래서 어떻다는 겁니까. 설마 원전이 폭발하는 건 아니겠지요?"

"지금 최선을 다해 복구 작업을 하고 있지만… 워낙 철저하게 파괴되었기 때문에 낙관할 수 없는 상황입니다."

"그게 무슨 소립니까. 그렇다면 폭발이라도 한단 말이요!"

"최선을 다하고 있습니다. 조금만 더 기다려주십시오."

"만약… 원전이 폭발하면 어찌되오?"

"그건……."

"말하시오!"

"원전 1기가 폭발하면 반경 25km는 죽음의 땅으로 변하게 됩니다. 6기가 전부 폭발한다면 200km 이내에는 사람이 살 수 없습니다."

"으… 당신들. 내가 알기로 원전을 설치해야 한다고 주장한 당신들은 향후 어떤 일이 있어도 폭발은 없을 거라고 자신하지 않았소. 그런데 그딴 소리를 한단 말이오!"

"현재의 원전은 예전 폭발 당시에 비해 완벽한 방어 시스템을 구축해 놓은 상태였습니다. 땅이 뒤집힐 정도의 거대한 지진이 아니라면 아무런 문제가 없도록 시설들을 보완해 놓았습니다."

"그런데!"

"지금 상황은 재해로 인해 발생한 것이 아니라 침입자에 의해 시설이 파괴된 것입니다. 더군다나 침입자는 원전에 대해서 전문적인 지식을 가졌던 게 분명합니다. 복구가 어려울 정도로 철저하게 망가뜨렸고 예비 시설까지 파괴를 했습니다."

"누구요?"

"예?"

"침입한 자가 누구란 말이오!"

"지금으로서는 확인되지 않고 있습니다. 보고가 늦은 것도 원전에 문제가 생겼다는 것을 뒤늦게 알았기 때문입니다. 귀신같이 들어와 원전의 주요 시설만 파괴하고 사라졌습니다. 폭탄이나 총을 사용한 것이 아니라서 더욱 늦게 발견할 수밖에 없었다고 합니다."

"폭탄이나 총을 사용하지 않았다면 뭐로 파괴했단 말입니까?"

"그게… 아직 파악되지 않았습니다."

"그래서 지금 상황은 어떤 거요?"

"냉각시스템이 완전 파괴되었기 때문에 수소가 활성화되고 있습니다. 이대로 방치하면 18시간 후에 폭발이 예상됩니다."

"조치는?"

"긴급 대응팀이 구성되어 현장으로 출발했습니다. 무엇보다 원자로를 식히는 것이 급선무입니다. 현재 소방청 소속의 소방차가 130대 출발했고 50대의 소방헬기가 동원된 상탭니다."

"사상자는?"

"아직까지 사상자는 한명도 없습니다. 하지만 위급 상황입니다. 지금이라도 반경 30km의 주민들을 소개해야 됩니다."

"으… 미치겠군. 폭발 확률은 얼마나 되오?"

"지금으로서는 복구 가능성이 50%도 되지 않습니다."

"관방장관."

"예, 총리님."

"지금 당장 비상각료회의를 소집하시오."

"알겠습니다."


일본은 시스템이 잘 되어 있는 나라다.

더군다나 과거 이미 한 번의 원전 폭발 사고가 있었기 때문에 그에 대한 복구 방안과 대비책이 철저하게 준비되어 있었다.

웬만한 폭탄으로는 파괴가 되지 않도록 이중삼중으로 시설물을 보호했고 폐연료봉의 봉인 시스템은 원전과 상당거리 떨어진 별도의 장소에 마련해서 최악의 사태가 발생해도 치명적인 위험을 막았다.

다행스럽게도 침입자는 폐연료봉 봉인 시스템은 건드리지 않았다.

만약 폐연료봉 봉인 시스템까지 공격을 당했다면 일본 전체가 방사능에 노출되는 일까지 발생했을지도 모른다.

일본의 복구 시스템이 가동되기 시작했지만 시간이 너무 안 좋았다.

새벽잠에서 깬 기술자들이 부랴부랴 달려갔으나 냉각수가 차단된 원자로는 붉게 달아오르기 시작하고 있었다.

벌써부터 방사능 수치가 평소의 150배까지 치솟고 있는 중이었다.

다행스러운 것은 지진이나 해일로 인해 발생한 것처럼 전력

시스템이 완전히 나간 게 아니란 것이었다.

침입자가 파괴된 전원 시스템과 냉각시스템만 복구하면 원전의 폭발을 막을 수 있을지도 모른다.

촌각을 다투는 시간들.

아침이 되자 총리는 시뻘게진 눈으로 후쿠시마의 원전 복구 상황을 바라보며 초긴장의 상태에 빠져들었다.

누군가의 공격에 의해 일본의 최신예 주력기 JK—21 120대가 파괴되었다는 것은 아예 귀로 들어오지 않았다.

엄청난 손실이다.

전국 각지의 비밀 요새에 숨겨놓았던 전투기들을 한국이 반격할 경우를 대비해서 전진 배치시켜 놓은 것이 패착이라면 패착이다.

그럼에도 이해가 되지 않았다.

침투해 온 적들의 숫자는 십여 명에 불과했다는 보고였다.

그게 가당키나 한 말일까?

비행장에 주둔하고 있는 경비 병력만 해도 거의 1개 대대급이고 근처에는 한국의 불시 공격에 대비해서 언제든지 지원이 가능한 최정예 전투대대가 2개씩 포진하고 있었다.

한마디로 세 개의 비행장은 완벽한 보호 속에 보호되고 있었다는 뜻인데 적들은 그런 상황에서도 모든 전투기를 파괴하고 유유히 사라졌다는 것이다.

미치고 펄쩍 뛸 노릇이었다.

속에서는 화가 부글부글 치밀어 올랐지만 일본총리 나카타는 항공막료장의 보고만 들은 체 더 이상 아무 말도 하지 않았다.

지금은 JK―21이 중요한 것이 아니라 원전의 복구가 무엇보다 중요했다.

시간이 어떻게 흐르는지 알 수 없었다.

현장에서는 복구의 골든타임이 속절없이 흘렀고 시시각각 기술자들이 치명상을 입은 채 교체되고 있었다.

누란의 위기.

다케시마를 찾았다는 영광과 자부심은 단 하루 만에 산산이 깨졌고, 대신 가슴을 파고든 것은 처참하게 변한 일본의 모습과 절망감이었다.

하루를 꼬박 정신없이 보냈다.

밥도 먹지 않았고 오직 복구 상황을 지켜보며 원전이 폭발하지 않도록 전력을 기울였다.

모든 상황에 대해서 직접 챙기며 꼼짝도 하지 않았다.

현장에서 필요하다는 것은 무엇이든 챙겨서 보냈고 악을 써대며 실무자들을 독촉했다.

이 위기를 넘길 수만 있다면 무슨 짓이라도 할 생각이었다.

그 정성이 통했던 것일까.

끝없이 외측에서 냉각수를 공급하며 원자로를 식히는 동안 전문기술자들이 전원과 냉각시스템을 복구하는데 성공했다는 소식이 들려온 것은 삼 일이 지난 후였다.

물론 그 와중에 오십여 명의 기술자들이 방사능에 노출되어 생사를 헤매고 있었으나 붉게 달아올랐던 원자로는 천천히 정상을 찾아가고 있다는 소식이었다.

저절로 안도의 한숨이 흘러나왔다.

방사능이 유출되면서 근처 30km까지는 당분간 사람이 살 수 없을 테지만 이 정도로 그친 것이 천만다행이었다.

엄청난 혼란.

소개령이 발표되면서 광란의 현장으로 변했던 후쿠시마부근은 아직도 피난민들로 인산인해를 이루고 있었다.

분했다.

모든 것이 한국의 짓인 게 분명한 이상 이 원한을 반드시 갚아야 한다.

비행장 폭파 현장에서 수거된 폭탄과 총알을 수거해서 조사한 결과 한국산이라는 것이 확인되었다.

개 같은 놈들.

다케시마를 빼앗긴 것 때문에 이런 짓을 했다면 절대 용서할 수 없다.

반드시 백배 천배의 복수를 할 것이다.

대한민국은 몸살을 앓고 있었다.

독도를 빼앗긴 것에 대한 국민들의 분노가 하늘을 찌를 것만 같았다.

국토를 빼앗겼다는 국민들의 상처는 그토록 존경하던 박무현 대통령의 지지율까지 급전직하하도록 만들었다.

무려 85%에 달하던 지지율은 불과 사흘 만에 51%까지 떨어져 내렸다.

언론들은 연일 정부의 무능함에 대해 맹비난을 서슴지 않았다.

그러나 박무현 대통령을 비롯해서 정부는 침묵으로 일관했다.

국민들의 비난을 고스란히 맨몸으로 맞으면서도 대통령은 담화문조차 발표하지 않았다.

국민들은 분노 속에서도 의문을 숨기지 못했다.

과연 대통령은 무엇을 기다리고 있는 것일까.

수많은 추측.

대다수의 언론들은 대통령과 정부의 의중을 새로 도입되는 최신예 전투기로 귀결시켰다.

당장 반격을 하지 못한 것은 전력에서 월등하게 밀리는 게 원인이라며 정부는 전투기가 도입될 때까지 기다리고 있는 것이란 분석을 내놓았다.

그러나 언론의 정확한 분석에도 국민들의 분노는 가라앉지 않았다.

상황이 아무리 그렇다 해도 자존심을 구겨가면서까지 참는 다는 것을 국민들은 이해하지 못했다.

더군다나 일본은 원전 사고로 인해 열도 전체가 몸살을 앓고 있는 상황이었다.

이런 호기를 놓치면 안 된다는 게 야당의 주장이었고 일부 강성군인들의 판단이었다.


서재에 앉아 있는 박무현 대통령의 표정은 어두웠다.

그의 앞에는 언제나 그를 위로해 주고 힘이 되어주는 정 의장이 앉아 있었지만 대통령은 지금 이 순간 한없는 고뇌에 빠져 있는 것 같았다.

"어떻습니까?"

"원자력발전소의 폭발은 막은 것 같습니다. 하지만, 방사능이 퍼져 나가 후쿠시마 일대는 죽은 도시가 되었다고 합니다."

"의장님, 그게 정말 청룡이 한 짓일까요?"

"아무래도 그런 것 같습니다."

"정식 보고는 아직도 올라오지 않았습니까?"

"예, 그는 일본으로 넘어간 후 아무런 보고도 해오지 않았습니다."

"정말 이해가 되지 않습니다. 아무리 일본이 독도를 침공했다 하더라도 원전을 파괴하다니요. 일본이 전력을 다해서 막지 못했다면 엄청난 피해가 발생했을 겁니다."

"기다려 보시죠. 아직 그가 한 일인지는 정확하게 파악되지 않았잖습니까."

"휴우… 그는 지금 어디에 있습니까?"

"아직 일본에 있는 것 같습니다."

"일본의 비행장이 폭파된 원인은 확인되었습니까?"

"그건 확인되었습니다. JK—21이 집결된 비행장은 청룡대원들이 파괴한 걸로 확인되었습니다."

"정말입니까!"

"보고에 의하면 청룡의 지시에 따랐다고 합니다."

"그들이 큰일을 저질렀군요. 일본은 분명 우리가 한 일이라는 걸 알게 될 겁니다."

"그렇겠지요. 하지만 당장은 어쩌지 못할 겁니다. 지금도 일본은 정신이 하나도 없는 상황입니다. 계속해서 방사능이 확산되고 있기 때문에 당분간은 꼼짝할 수 없습니다. 원전을 파괴한 것이 청룡이 맞다면 그가 노린 것은 일본을 혼란 속에 빠뜨려 우리 전투기가 들어올 때까지 시간을 벌려고 한 걸 겁니다."

"아니오, 일본총리 나카타는 매우 호전적인 인물입니다. 그는 어쩌면 우리 전투기가 들어오지 않은 지금이 최적의 공격 시기라 여길지도 모릅니다."

확신이다.

대통령은 정치인답게 상황 판단 능력이 그 누구보다 뛰어난 사람이었다.

그것은 정 의장도 마찬가지였다.

청룡을 두둔하기 위해 변명을 했으나 일본이 공격을 해올 가능성은 그 어느 때보다 컸다.

그랬기에 두 사람은 똑같이 침묵 속으로 빠져들었다.

무겁게 가라앉은 공기.

그들의 마음을 읽기라도 한 듯 한낮 오후의 햇살은 더없이 무겁기만 했다.


원전이 안정을 되찾은 지 오 일이 지난 오후.

일본 총리 나카타는 내각의 수장들은 물론이고 자위대의 막료장들과 주요 지휘관까지 모두 소집했다.

모두 합해 서른 셋.

그야말로 일본을 움직이는 수뇌부가 모두 모인 회의를 개최했던 것이다.

몇날 며칠 동안 수없이 많은 회의 끝에 내린 결정이었다.

복수.

일본을 대혼란으로 몰아넣은 한국의 행동에 대해서 복수가 필요했다.

나카타가 자리에 앉자 원자력본부장의 브리핑이 시작되었다.

그는 각료들을 향해 파괴 원인과 현재까지의 복구 상황, 그리고 피난민 대책을 설명했다.

원자력본부장은 파괴 원인을 설명하면서 누군가가 고의적으로 침투해서 원자로를 파손시켰다는 것을 강조하며 침을 튀겼다.

곧이어 관방장관의 보고가 잇달았다.

원전 사고로 인해 일본이 겪어야 했던 손실과 대외적인 신용도 하락을 일일이 열거하며 침입자를 색출해서 반드시 보복해야 된다는 말을 남겼다.

각료들과 주요 지휘관들의 분노심에 정점을 찍은 것은 방위대신이었다.

그는 세 개의 비행장이 철저하게 파괴된 사진들을 화면에서 보여주었다.

일본이 자랑하는 최신예 전투기 JK—21의 처참한 모습이 난무했고 적들의 공격으로 죽어간 경비 병력의 시신들이 화면에 가득했다.

뒤이어 수거된 폭탄의 파편과 총탄들의 사진이 나타났고 일본의 무기과학연구소는 그것이 한국제임을 확인하는 보고서를 선명하게 보여주었다.

시퍼런 눈을 한 채 침묵을 지키던 총리의 입이 열린 것은 방위대신이 모든 보고를 끝마치고 자리에 착석했을 때였다.

"내가 각료를 포함해서 주요 지휘관들을 이 자리에 모신 것은 중요한 결정을 내리기 위함입니다."

잠시의 침묵.

고의적이다. 분노에 사로잡힌 참석자들의 이목을 사로잡고 자신의 의도대로 끌고 가려는 화술.

말을 멈추었던 총리의 입이 다시 열린 것은 모든 사람의 이목이 자신에게 향하고 있다는 것을 확인한 후였다.

"이 일은 다케시마를 빼앗긴 한국이 벌인 짓이란 게 확인되었소. 그래서 나는… 우리가 당한 만큼 한국을 응징해야 된다고 생각하오."

"어떻게 말입니까?"

정적을 깨고 외무장관이 입을 열었다.

짜놓은 고스톱.

외무장관은 사전에 어떤 반대도 나오지 않도록 총리와 이미 말을 맞춰놓은 상태였다.

각료들 중에는 온건파들도 다수 존재했기에 전면전을 치르겠다면 반대를 해올 공산이 컸다.

"우리는 오늘 항모전단을 전진 배치를 시켜 포항을 타격하고자 하오. 한국의 포항제철과 울산산업단지를 완벽하게 파괴해서 함부로 대일본을 건드린 대가를 치르게 할 것이오."

"그럼 한국과 전면전이 벌어집니다. 우리는 JK─21의 대부분을 잃었습니다."

"우리에게는 아직도 JK─21이 40기가 남아 있고 한국 전투기보다 우월한 능력을 지닌 전투기를 300대나 보유하고 있소. 더군다나 우리가 보유한 항모전단은 무적이오. 놈들의 차세대 전투기는 앞으로 5일 후면 도입됩니다. 그 전에 우리는 보복을 끝내야 하오."

"지금 국내 상황이 최악입니다. 이런 마당에 전쟁을 벌인다면 극심한 혼란에 처하게 됩니다."

"알고 있소. 하지만 지금이 적기요. 우리가 한국의 만행을 노출시키고 응징하는 절차를 밟는다면 국민들은 우리의 결정을 적극 지지할 것이오."

"반드시 이길 수 있겠습니까?"

"그렇소. 전투기의 손실이 있었으나 지금 싸우면 반드시 이길 수 있소. 이 기회에 한국의 해군과 공군을 전멸시켜 우리한테 기어오를 생각조차 못하게 만들어야 합니다. 그런 후 나는 한국에게 막대한 배상금을 요구할 생각이오."

나카타의 자신에 찬 음성이 장내를 적셨다.

그의 목소리에 술렁거리던 참석자들의 목소리가 잦아졌다.

전면전.

정말 항모전단이 대한해협을 건너 포항과 울산을 타격한다면 전면전이 벌어질 수밖에 없다.

전쟁에 대한 두려움이 각료들의 눈에서 번졌다.

그러나 그 두려움은 나카타의 강한 의지와 아직도 남아 있는 군사적 우세함이 증명되자 서서히 변하기 시작했다.

지지 않는 전쟁은 두렵지 않은 법이니까.

각료들의 입에서 총리의 결정을 찬성하는 발언들이 쏟아지기 시작한 것은 결연한 눈으로 나카타가 침묵을 지키고 있을 때였다.

강성파들의 주장에 온건 성향을 가진 각료들은 아무런 말도 하지 못했다.

그러나 그 목소리들은 오래가지 않았다.

갑자기 문이 열리며 한 사람이 들어왔기 때문이었다.

"이런 개새끼들. 깡그리 죽이려다 살려줬더니 이제 살만하다 이거지. 너희들은 기어코 나를 악마로 만드는구나."


강태산이 한월을 들고 회의장으로 들어서자 일본 총리 나카타를 비롯해서 일본의 최고위층으로 구성된 참석자들이 의

아한 시선을 한꺼번에 보내왔다.

그러나 강태산은 그들의 시선을 무시한 채 천천히 상석에 앉아 있는 나카타를 향해 다가갔다.

검은 전투복.

아무런 장식조차 달리지 않은 그 옷은 온통 지옥의 사신처럼 검은색뿐이었다.

그가 총리에게 다가가자 회의실의 뒤쪽에 배석하고 있던 총리의 경호실장이 가로막아 왔다.

육중한 체구의 사나이.

하지만 그는 강태산에게 다가오지 못했다.

'휘익!'

저절로 쓰러지는 것처럼 경호실장의 몸이 스르륵 무너져 내렸다.

그런 후 곧 시뻘건 피가 그의 몸에서 분수처럼 솟구쳐 올라왔다.

"경호원, 경호원!"

놀란 누군가가 밖을 향해 고함을 질렀다.

두려움에 찬 목소리.

그러나 밖에서는 아무런 대답도 들리지 않았다.

대신 고함을 쳤던 자의 몸이 의자를 집고 뒹굴었다.

그 옆에는 어느샌가 강태산이 한월에 묻은 피를 털어내고 있었다.

경악에 찬 시선.

무려 10m가 넘는 거리를 단숨에 압축해 버린 강태산의 몸은 소리쳤던 자를 죽이고 회색의 눈빛으로 사람들을 노려보았다.

"한 발자국도 움직이지 마라. 내 말을 믿지 못하겠으면 움직여봐. 일어서는 순서대로 죽여줄 테니."

스산한 음성.

강태산의 신형이 번뜩거린 후 다시 총리의 곁에 나타났다.

귀신이다. 그것도 살귀.

직접 눈으로 보고도 믿을 수가 없다.

어떻게 사람이 저렇게 움직일 수 있단 말인가.

이자는 사람이 아니라 귀신임에 틀림없었다.

대낮에 벌어진 살인사건이었으나 회의장을 가득채운 자들은 사람이 죽은 것보다 강태산의 움직임에 넋을 놓고 말았다.

귀신을 직접 눈으로 본 이상 사람이 죽었다는 충격은 아무것도 아니었다.

"이봐, 나카타."

강태산이 부르자 나카타가 고개만 돌렸다.

"너는 누구냐?"

"나는 대한민국의 수호자 청룡이다."

"으… 도대체 이게 뭐하는 짓이냐. 왜 함부로 사람들을 죽인단 말이냐!"

"함부로? 이 새끼가 아직도 정신을 못 차렸군."

슬쩍 한월이 움직이자 새파란 예기가 나카타의 팔을 훑어내렸다.

'으악!'

끊어질 듯한 비명.

나카타는 왼팔이 끊어져 피가 분수처럼 솟구치자 연신 비명을 흘러냈다.

하지만 강태산의 표정은 조금도 변하지 않았다.

"네 명령으로 독도를 지키는 100명의 젊은이들이 목숨을 잃었다. 아느냐?"

"다케시마는 우리 땅이다. 한국이 계속해서 강점했기 때문에 어쩔 수 없이 벌어진 일이다."

"그렇단 말이지."

이번에는 오른팔이다.

강태산은 조금의 망설임도 없이 나카타의 오른팔을 잘랐다.

피가 흘러도 막을 수가 없다.

주변에 있던 각료들은 물론이고 육해군의 주요 지휘관들까지 아무도 그를 도와주지 못했다.

"너희 일본이 한 짓은 죽어도 마땅한 것이었어. 원전이 폭발하는 걸 너희들이 막았다고 생각하나? 가소로운 자 같으니라고. 내가 마음만 먹었다면 주변 시설을 파괴하는 것이 아니라 원자로 자체를 모두 파괴했을 것이다. 하지만, 참았어. 죄없는, 수많은 생명을 학살한다는 게 어려워서가 아니라 마지막 동정심 때문이었다. 그런데 감히 대한민국을 공격하겠다는 생각을 해?"

"으… 그것이 정말이냐?"

"나카타. 지옥에 가거든 너희 선조들에게 가서 고해. 분수도 모르고 좆같은 짓을 하다가 대한민국의 수호자에게 사지가 잘렸다고 말하란 말이다. 가거든 너로 인해서 원통하게 죽어간 대한민국의 젊은이들에 사죄하는 것도 잊지 마. 반드시해야 할 거다. 그렇지 않는다면 지옥에서도 죽은 것을 후회하게 만들어줄 테니까."

한월이 움직였다.

그런 후 나카타의 목이 탁자에 툭하고 떨어졌다.

비명.

회의실을 가득 채운 자들의 입에서 비명이 저절로 흘러나왔다.

그러나 그 비명은 시작에 불과했다.

강태산의 몸이 환영처럼 움직이며 방위대신과 관방장관, 외무장관, 그리고 육해공의 수뇌부를 차례대로 쓰러뜨렸던 것이다.

강태산이 죽인 자들은 모두 합해 스물 하나.

회의에 참석한 자들 중에서 정치권력과 군을 움직이는 핵심 인물들이었고 모두 우익 계열의 강성 성향을 가진 자들이었다.

남아 있는 자들은 온건파로 분류된 사람들뿐.

독도를 침공하는데 반대했던 각료들만 목숨을 부지했으니 강태산은 미리 죽여야 할 자와 살려야 할 자를 정확히 구분하고 있었던 게 분명했다.

죽은 자들이 흘린 피가 회의장에 비릿한 혈향을 진동시키게 만들었다.

남아 있는 자들은 공포를 감추지 못했고 어떤 사람은 오줌까지 지리고 있었다.

그런 그들을 향해 한월에 묻은 피를 털어낸 강태산이 천천히 입을 열었다.

"봤는가. 과한 욕심은 참사를 부르는 법이다. 이 죽음은 너희 일본이 대단한 군사력을 가졌다는 오만 때문에 비롯된 것임을 잊지 마라. 다시 한 번 경고한다. 내일 당장 독도에서 물러나도록. 항공모함이 가진 위력을 믿고 버틴다면 그때는 내가 일본을 송두리째 박살 낼 것이다. 너희를 살려두는 것은 그런 일을 벌여서 발생하는 불행을 미리 막도록 하기 위함이다. 여기서 있었던 일들을 어떻게 처리할지는 너희들에게 맡길 테니 현명하게 판단해. 다시 한 번 내 정체를 말해주마. 나는 대한민국의 수호자 청룡이다!"

말을 끝낸 강태산의 신형이 번개처럼 움직여 살아남은 자들 사이를 누볐다.

그러자 사람들이 거의 동시에 정신을 잃고 쓰러졌다.

망혼술.

사람의 기억을 잃어버리게 만들어 버리는 야차의 신비.

이제 멀쩡히 서 있는 것은 오직 재무대신뿐이었다.

총리를 비롯해서 모든 사람이 죽었으니 그가 일본 내각의 실질적인 총수였다.

강태산은 살아남은 재무대신을 힐끗 바라본 후 창가로 다가가 유리를 도려냈다.

회의장은 도쿄 중심 내각운용본부 28층 건물 중 18층에 위치해 있었는데 강태산은 한월로 창문을 둥그렇게 도려낸 후 아무렇지 않게 몸을 날렸다.

용기를 낸 재무대신이 벌벌 떨면서 창문으로 다가왔다.

그런 후 고개를 내밀고 강태산을 찾았다.

아무도 없다.

회의장을 피로 그득 차게 만들어 버린 자.

흔적도 없이 사라져 버린 유령.

불과 10분 사이에 일본의 수뇌부를 몰살시켜 버리고 떠나
버린 살귀.

꿈일까?

자신의 볼을 꼬집었다.

그러나 회의장을 가득 채운 피는 여전히 섬뜩하게 그의 시
야에 들어오고 있었다.


전 세계의 언론이 일본으로 쏠렸다.

기세등등하게 독도를 빼앗고 오연한 태도로 대한민국을 바
라보던 일본은 단 열흘 만에 초상집으로 변해 버렸다.

일본은 원전 폭파 위기와 자국 내에 집결해 놓았던 최신예
전투기가 완전 소멸했고 지도층이 한꺼번에 몰살되면서 극심
한 혼란 속으로 빠져들었다.

주식시장은 붕괴 수준까지 떨어졌고 여론은 무능한 정부
를 성토하며 최악으로 치달았다.

독도에서 일본군이 철수한 것은 총리를 비롯한 지도층이
괴한의 습격으로 인해 역사상 최악의 테러를 당한 후였다.

하루 만에 총리 대리로 권력을 인수한 재무대신 타키아라
는 대한민국과의 신뢰 회복을 위해 독도에서 철수한다는 성명

을 전격적으로 발표하고 군대를 뒤로 물렸다.

CIA 극동담당관 엔드류가 급거 내한한 것은 일본이 현재 치르고 있는 극심한 혼란과 파격적인 행보에 대하여 직접 정보를 수집하기 위함이었다.

이해 불능의 사태 발생.

일본이 독도를 점령할 것이란 정보는 웬만한 국가의 정보국이 다 아는 사실이었다.

물론 세계 최강인 CIA는 그들의 독도 침공 시간까지 미리 알고 있었다.

문제는 한국의 반응.

CIA의 분석은 군사력에서 열세인 한국이 시간을 끌면서 새로 도입하는 전투기를 기다릴 거란 판단을 내렸다.

그럼에도 전쟁이 벌어질 확률은 반반이었다.

한국에서 최신예 전투기를 60기 도입한다 해도 일본의 군사력에는 터무니없이 부족했기 때문이었다.

그런 와중에 이런 일이 발생하고 말았다.

도대체 일본에서는 무슨 일이 생긴 걸까?

엔드류가 회의실로 들어서자 새롭게 한국지부장이 된 캘빈과 일본지부장 톰슨을 비롯해서 정보분석관들이 자리에서 벌떡 일어났다.

엔드류가 상석에 앉은 후 입을 연 것은 그들이 모두 자리에

착석해서 자신을 바라볼 때였다.

"상부에서는 현재의 상황에 대해 무척 긴장하고 있습니다. 먼저 일본 지부장이 현재까지의 첩보를 보고해 주시오."

"위성사진을 보셨겠지만 JK—21의 집결 비행장은 동시에 타격을 받았습니다. 우리 측에서 입수한 정보에 따르면 한국 측의 소행이 확실합니다. 폭탄의 파편과 총탄이 모두 한국제라는 분석이 들어왔습니다."

"그건 이미 알고 있는 내용이오. 내가 궁금한 것은 그들이 누군가를 알고 싶은 거요."

엔드류의 시선이 신경질적으로 바뀌었다.

이미 보고된 내용을 또 다시 반복하는 톰슨의 태도가 마음에 들지 않는다는 표정이었다.

그러자 급히 톰슨의 말이 이어졌다.

"그것 때문에 우리는 침입자들을 추격했던 일본 경비대 몇 명과 접촉을 했습니다. 그 결과 놀라운 사실이 발견되었습니다."

"그게 뭐요?"

"비행장을 공격한 자들은 2인 1개조로 단 여섯 명뿐이었습니다."

"그걸 말이라고 하는 겁니까. 세상에 어떤 놈들이 그 숫자로 수천 명이 지키는 철통같은 방어선을 뚫고 비행기를 폭파

할 수 있단 말이오!"

"저도 처음에는 믿지 못했지만 사실입니다. 일본군 관계자의 말에 따르면 비행장을 공격해 온 놈들은 단 20분 만에 모든 공격을 끝내고 빠져나갔답니다. 마치 귀신을 본 것 같았더군요."

"허어……."

"그래서 저는 그들이 예전 IS를 공격했던 놈들과 동일한 인물들이란 생각을 했습니다. 이라크에서 수만 명에 달하는 IS의 윌리얏 전사들을 초토화시켜 버린 대한민국 특수부대는 전설이 된 지 오랩니다. 각국의 정보국에서는 그들에게 지옥의 악마부대란 명칭을 부여했습니다."

"우리가 보유한 델타포스는 세계 최강이오. 그런 델타포스도 단 6명으로 동시에 비행장을 폭파시킬 수는 없어요. 지옥의 악마인지 나부랭인지 모르겠지만 절대 불가능한 일이오!"

"아무래도 한국에는 우리가 알지 못하는 부대가 있는 것 같습니다. 그자들은 상식을 뛰어넘는 전투력을 가지고 있는 게 분명합니다."

"휴우… 정말 믿을 수 없는 일이군. 그게 사실이라면 일본은 열 명도 안 되는 한국의 특수부대에게 전력의 20%를 얻어맞았단 뜻이잖소."

"그렇습니다. 따라서 우리는 그 자들의 정체를 알아낼 필요성이 있습니다. 놈들은 비정규전에서 무적입니다. 그들이 존재하는 한 미국은 언제나 긴장 상태에 있어야 합니다. 눈앞에 있는 적은 단숨에 꺾을 수 있으나 등 뒤에서 다가오는 비수는 피하기가 어렵기 때문입니다. 기회가 오면 반드시 제거해야 됩니다."

"한국지부장!"

갑작스러운 부름에 한국지부장 켈빈이 눈을 번쩍 치켜떴다.

극동담당관 엔드류의 CIA내 서열은 3위였다.

국장과 부국장을 빼고 나면 최고의 자리에 있는 실세 중의 실세란 뜻이다.

그랬기에 리챠드는 굳은 음성으로 그의 부름에 답했다.

"예, 보스."

"나는 IS 사건 이후로 한국지부에서 그들에 대해 추적한 걸로 보고를 받았습니다. 그렇지 않소?"

"계속해서 추적해 온 건 맞습니다. 하지만, 그자들의 정체는 알아내지 못했습니다."

"왜지?"

"놈들은 특전사에 소속된 자들이 아닌 것으로 드러났습니다. 한국정부에서는 거짓말을 한 것이 분명합니다. 우리가 샅샅이 조사한 결과 특전사에는 그런 능력을 지닌 자들이 없습니다. 그렇다고 UDT나 해병특수수색대도 아니었습니다. 한국 지부에서는 군 고위관계자와 국정원을 상대로 그동안 정밀 추적을 해왔으나 놈들의 정체를 알고 있는 자들은 전무했습니다."

"그럼 그자들이 귀신이란 소리요!"

"물증은 없지만 짐작되는 것이 있긴 합니다."

"뭡니까?"

"군에 소속된 특수부대가 아니고 국정원에서 운영하는 스파이가 아닌 이상 그들은 박무현 대통령이 직접 운용하는 비밀 조직일 가능성이 큽니다."

"국가에서 그런 것도 운용이 가능할 수 있는 거요?"

"미국은 안 되지만 한국이라면 충분히 가능한 일이지요."

"그래서?"

"잠시 중단했던 추적을 다시 시작할 예정입니다. 일본에서 이런 일이 생긴 이상 저 역시 그 자들의 정체를 반드시 밝혀 내야 한다고 생각합니다. 그러기 위해서는 청와대의 직접 마크가 필요합니다."

"청와대는 완벽한 도청 방지 장치가 설치되어 있소. 더군다나 만약 마크하는 것이 노출되기라도 하면 전 세계의 지탄을 동시에 받게 되오."

"압니다. 그러나 우리에게는 이번에 새로 개발한 '유토피아'

가 있습니다. 충분히 해볼 만합니다."

캘빈이 눈을 번뜩이며 자신 있게 대답했다.

'유토피아'는 도청 방지 장치가 되어 있는 건물을 무력화시키고 정보를 빼내기 위해 새롭게 개발한 신개념의 도청 시스템이었다.

그랬기에 얼굴을 찡그리고 있던 엔드류의 표정이 서서히 풀렸다.

'유토피아'라면 충분히 가능할 수도 있었다.

"좋습니다. 그럼 해보시오."

"정체를 알아내면 어떻게 할까요?"

"그건 그때 가서 고민해 봅시다. 불변의 원칙은 오직 하나, 미국의 이익에 저해가 된다면 무조건 제거한다는 것이오. 놈들의 정체가 파악되면 철저하게 밀착마크를 하시오."

"알겠습니다."

캘빈의 대답에 엔드류가 천천히 고개를 끄덕인 후 이번에는 다시 일본지부장쪽으로 고개를 돌렸다.

"일본의 원전은 어떻소?"

"더 이상 방사능이 새어나오지 않도록 막은 상태입니다. 하지만, 완전 복구까지는 꽤 오랜 시간이 걸릴 겁니다."

"방사능의 확산 정도는?"

"원전을 중심으로 반경 30km, 다시 말해서 후쿠시마는 또 다시 죽음의 도시로 변할 만큼 확산되어 있습니다. 평상시 기준치의 250배입니다."

"일본의 핵 공포가 다시 커지겠구만."

"막대한 비용도 같이 들어가겠지요."

"거기에 대해서 말해 봅시다. 비행장 폭파는 인공위성에 잡혔지만 원전에 대해서 우리는 아무런 정보도 가지고 있지 못하오. 지금까지 조사한 원전 사고 원인이 도대체 뭐요?"

"원전은 누군가에 의해 공격당한 것이었습니다. 원자로를 잇는 전원 시스템과 냉각시스템, 그리고 비상 발전 시설, 수소 재결합기까지 완벽하게 파괴되었습니다."

"그것도 한국이 한 짓이란 말이오?"

"원전공격이 한국의 짓인지는 밝혀지지 않았습니다. 침입자는 어떠한 흔적도 남기지 않았다고 합니다."

"원전을 침입하면서 어떤 흔적도 남기지 않았다고?"

"일본 정보국에서도 귀신이 곡할 노릇이라고 합니다. 지금 조사하고 있지만 CCTV가 21대 파괴된 것 외에는 알아낸 것이 없답니다. 더 기가 막힌 것은 시설들을 파괴한 무기가 무엇인지조차 알아내지 못했다는 것입니다."

"그건 또 무슨 소리요?"

"불가사의하게도 침입자는 폭탄을 쓰지 않고 시설물들을 완벽하게 파괴했는데, 모든 시설물들이 마치 거울처럼 매끄러운 상태로 조각조각 절단되어 있었다는군요."

"도대체 알아들을 수 없는 이야기군."

"일본 측에서는 공격 무기의 정체가 뭔지 알아내기 위해 파괴된 시설물들을 과학연구소로 가져간 상탭니다. 분석이 끝나면 어느 정도 정체가 밝혀질 겁니다."

"좋소, 그럼 이번에는 일본의 지도자들의 암살에 대해서 이야기해 봅시다. 무려 21명이 테러를 당해서 목숨을 잃었소. 그런데 테러범이 사라질 때까지 아무도 그 사실을 몰랐어. 그게 말이나 됩니까?"

"내각회의에서 살아난 자들은 아무것도 기억을 하지 못했습니다. 심지어 생존자들은 기절했다 깨면서 사람들이 죽어 있자 놀라서 미친 듯이 비명을 질렀다고 하더군요."

"같은 장소에 있으면서 아무것도 몰랐다?"

"제 추측으로는 생존자들을 먼저 기절시키고 나머지를 사살한 것으로 판단됩니다."

"그렇다면 생존자들이 테러범들의 얼굴을 확인했을 게 아니오?"

"아닙니다. 그들은 테러범들의 얼굴을 못 봤다고 합니다."

"온통 수수께끼투성이군. 어떻게 들어왔는지도 모르고 어떻게 죽였는지도 몰라. 그런데 살인은 발생했고. 마치 추리소설을 보고 있는 것 같구만!"

"지금 일본에서 벌어진 일들은 불가사의 한 것투성입니다."

"세상에 불가사의란 것은 없소."

"있습니다. 불가능을 가능케 하고 있으니 불가사의란 말이 틀리지 않습니다. 제 생각에는……."

일본지부장이 말꼬리를 끌면서 엔드류의 눈치를 살폈다.

정보전문가로서 지금 하려는 말이 얼마나 어리석은지 걱정하는 표정이었다.

하지만, 엔드류는 그를 향해 어떠한 질책의 시선도 보내지 않았다.

그 역시 이해할 수 없는데 누구를 질책한단 말인가.

"괜찮으니까 말해 보시오."

"저는 원전사고와 각료들의 죽음이 한 사람 소행일지 모른다는 추측을 했습니다."

"한 놈이?"

"원전도 그렇고 각료들을 죽인 것에도 수많은 의문이 남습니다. 그러나, 두 개의 사건에는 공통점이 있습니다."

"뭐요?"

"바로 불가사의한 일이란 것입니다. 두 개의 사건이 벌어졌는데 누가 한 짓인지 왜 그런 짓을 했는지, 또 어떻게 할 수 있었는지, 탈출은 어떻게 했는지가 미궁에 빠져 있다는 것이지요."

"흐으… 당신, 지금 무슨 말을 하고 싶은 거요?"

"만약 두 개의 사건을 한 사람이 저지른 것이 맞는다면 그자는 언제든지 똑같은 일을 반복할 수 있다는 것입니다. 만약 그자가 백악관을 노린다면 어떨 것 같습니까?"

"이런 젠장!"

"보스, 일본을 공격한 자는 한국에서 보낸 킬러이거나 비밀요원일 가능성이 큽니다. 정황상 그렇게밖에 판단이 되지 않습니다. 만약 그게 사실이라면 한국을 건드리는 순간 엄청난 위험에 직면하게 될 것입니다. 언제 어디서든 대통령과 정부의 중요인사들을 손바닥 뒤집듯이 죽일 수 있는 자가 있다고 생각해 보십시오. 정말 끔찍한 일 아니겠습니까?"

"으……."

"살아남은 일본의 각료 중 누군가는 진실을 알고 있을지 모릅니다. 저는 그 인물이 다음날 곧바로 독도에서 일본군을 철수시킨 재무대신일 거란 판단을 가지고 있습니다. 그의 눈에 들어 있는 공포와 두려움. 오랜 염원 끝에 빼앗은 독도를 즉시 되돌려 줄 수밖에 없었던 건 그런 두려움이 배경에 있지 않을까요?"

조심스럽게 이야기를 마친 일본지부장을 향해 엔드류의 시선이 천천히 내려왔다.

들을수록 가당찮은 이야기였으나 무시하기에는 너무나 찜

찜한 말이었다.

미궁에 빠져들고 있는 두 개의 사건.

그것이 누군가 독단으로 만들어낸 사건이 맞는다면 어쩔 텐가.

일본지부장이 던진 질문이 계속 가슴속에서 맴돌았다.

언제든지 어떤 경호가 있든 장소에 구애받지 않고 마음대로 침투해서 사람을 손바닥 펴듯이 죽일 수 있는 자가 있다면 과연 미국은 막을 수 있을까?

머리가 저절로 흔들렸다.

하지만 그의 표정은 곧 냉정하게 변했다.

"지금부터 지시를 내릴 테니 잘 들으시오. 한국지부는 비행장을 파괴한 한국의 특수부대 정체를 반드시 알아내시오. 청와대를 도청해도 좋소. 그건 내가 책임질 테니 최선을 다해주기 바라오."

"알겠습니다."

"일본지부는 원전 사고와 암살 사건에 대해서 더 파고들어 보시오. 특히 재무대신을 집중 마크하도록. 지금 일본은 그를 중심으로 돌아가고 있소. 그가 왜 한국의 비행장 공격을 언론에 노출시키지 않고 있는지, 갑자기 왜 독도에서 군대를 철수했는지에 대해서 철저히 조사해야 되오. 당신의 말대로 그림자처럼 움직이는 킬러가 있다면 정체를 밝혀내야 하지 않겠소?"

"그렇습니다."

"그런 자가 만약에 존재한다면 우리는 어떤 수를 쓰더라도 제거를 해야 하오. 한국의 비밀부대도 마찬가지요. 미국의 통제권에서 벗어날 힘을 한국이 갖지 못하도록 만드는 것이 우리의 임무라는 것을 절대 잊지 마시오."

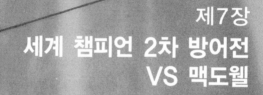

제7장
세계 챔피언 2차 방어전
VS 맥도웰

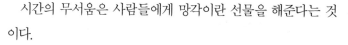

시간의 무서움은 사람들에게 망각이란 선물을 해준다는 것이다.

제아무리 거대하고 두려운 사건이라도 시간이 흐르면 깨진 장독에서 물이 빠져나가는 것처럼 기억 속에서 점점 사라지게 만드는 마술을 부린다.

일본의 불행에 모든 초점을 맞추던 세계 언론들이 점점 관심을 멀리하게 된 것은 그로부터 3달이 지난 후였다.

기름을 부은 것처럼 들끓던 국내 언론들조차 시간이 흐르자 일본의 원전 피해 복구 상황과 비상 각료 체제 구축에 대해서 단신으로 내보낼 정도로 관심을 멀리했다.

그동안 국내에서는 독도에서 희생된 장병들에 대한 합동 영결식이 있었고 후속 조치로 일본의 사과와 배상이 이루어졌다.

새롭게 정권을 잡은 총리 대리 타키아라는 모든 일들을 일사천리로 처리했는데 대한민국의 요구를 대부분 인정했다.

그러나 오직 하나 독도에 대한 영유권 주장은 포기하지 않았다.

자신들의 무력 침공에 대해서는 대한민국의 요구대로 사과와 배상을 했지만 독도만큼은 절대 양보할 생각이 없는 모양이었다.

강태산은 천천히 걸어 압구정동에 있는 까페로 들어갔다.

까페의 이름은 '샹그릴라'.

다른 사람의 시선을 피할 수 있도록 룸 형태로 만들어 놨기 때문에 연예인들이 자주 이용한다는 곳이었다.

계단을 올라 문을 열고 들어서자 붉은색 넥타이를 맨 사십 대 초반으로 보이는 남자가 부드러운 미소를 띤 채 다가왔다.

"이쪽으로 오십시오."

강태산을 알아본 그는 앞장서서 맨 끝 쪽에 있는 룸으로 안내했다.

강태산이 앉는 것을 본 그의 입이 다시 열렸다.

그의 목소리는 부드러웠지만 가벼운 열기가 담겨 있었다.

"강태산 선수, 만나 뵙게 돼서 정말 영광입니다. 이곳에는 수많은 연예인들이 찾아옵니다. 하지만 저는 지난 10년 동안 한 번도 그분들을 번거롭게 한 적이 없었습니다. 쉬고 싶어 오는 분들을 괴롭히는 건 바보 같은 짓이라고 생각했기 때문입니다."

"그렇군요."

"저는 샹그릴라를 운영하는 사장입니다. 제가 직접 모신 것은 강태산 선수를 반드시 보고 싶었기 때문입니다. 제 아들이 강태산 선수를 영웅으로 생각하고 있습니다. 그놈은 지금 백혈병에 걸려서 병원에 누워 있지요. 그래서 염치불구하고 이렇게 기다린 겁니다. 강태산 선수, 우리 아들에게 줄 수 있도록 사인을 부탁해도 되겠습니까?"

"해드리겠습니다."

흔쾌히 대답을 한 강태산이 사장을 바라보았다.

그러자 사장이 고개를 정중히 숙인 후 급히 카운터 쪽으로 움직였다가 커다란 무언가를 들고 다시 나타났다.

그가 내려놓은 것은 아이의 모습이 담긴 커다란 액자였다.

맑은 눈망울을 가진 소년의 캐리커처.

사장은 유리가 없는 액자를 내려놓으며 강태산에게 말했다.

"이곳에 사인을 해주시면 고맙겠습니다."

그가 가리킨 곳은 소년의 얼굴 옆에 만들어진 하얀 여백 부분이었다.

"아이의 이름이 뭡니까?"

"민수입니다."

고개를 끄덕인 강태산이 사장에게서 넘겨받은 사인펜을 하얀 여백에 가져다 댔다.

그런 후 거침없이 글자를 써내려 갔다.

'민수야, 승리는 이기고 싶어 하는 사람에게 주어지는 선물이란다. 힘내서 꼭 이겨라. 강태산!'


사장이 기쁜 얼굴로 돌아서는 것을 확인한 강태산은 창밖을 바라보았다.

약속한 시간보다 30분이나 먼저 왔으니 기다리는 것은 어쩌면 당연한 일이었다.

오늘 만나는 김가을은 시간을 쪼개서 쓸 정도로 바쁜 사람이었다.

사귀자는 자신의 제안에 그녀는 기다렸다는 듯 수줍게 고개를 끄덕였다.

김가을은 한 떨기 백합 같은 여자였다.

최고의 스타답지 않게 그녀는 언제나 온유했고 기다림에

지치지 않았다.

그녀는 시간을 정해놓고 전화를 했는데 약속을 정할 때는 언제나 강태산의 스케줄을 먼저 확인했다.

배려심.

그녀는 남자를 귀찮게 하지 않으려고 작정한 사람처럼 모든 것을 강태산에게 맞추었다.

창밖으로 지나가는 차량들의 행렬을 지켜보던 강태산이 슬그머니 고개를 돌린 후 휴대폰을 꺼내들었다.

사람을 기다리기엔 휴대폰처럼 유용한 것이 없었다.

천천히 화면을 내리던 강태산의 손가락이 멈춘 것은 전 챔피언 맥도웰의 인터뷰를 발견했기 때문이었다.

언제나 기사의 제목은 자극적이었다.

'두려운가, 챔피언. 빨리 나와라!'

제목만 봐도 인터뷰 내용을 알 수 있었다.

그러나 강태산은 클릭을 해서 들어가 인터뷰 내용을 훑어 내렸다.

예상했던 것과 대동소이한 내용들이었다.

그의 주장은 단순하고도 간단했다.

타이틀전에게 자신이 강태산에게 패배한 것은 실력이 부족해서 진 게 아니라 운이 없었기 때문이라는 것이었다.

그 당시 그는 왼쪽 발목이 다쳐 정상적인 컨디션이 아니었다고 말하면서 다시 붙는다면 분명히 이길 것이란 주장을 펼쳤다.

맥도웰이 가장 길게 인터뷰를 한 것은 강태산의 비겁함을 주장하고자 했기 때문이었다.

그는 강태산이 타이틀을 획득한 후 자신을 피해서 약자들과 시합을 한다며 비난을 퍼부었다.

피식.

인터뷰를 모두 읽은 강태산의 입가에 미소가 떠올랐다.

그로부터 타이틀을 빼앗은 후 단 한 번의 도전자만을 선택했을 뿐이었다.

초조했던 것일까?

아마, 그랬던 게 분명했다.

강태산이 본 맥도웰은 차가운 이성을 가진 자였는데, 일 년에 가까운 시간이 지나자 꽤나 초조해진 모양이었다.

인내심이 부족한 그를 탓할 생각은 전혀 없었다.

자신의 생명처럼 소중했던 챔피언 벨트를 넘겨주고 아무렇지 않은 듯 지낸다는 것은 예수나 석가모니 정도만 가능한 일이다.

강태산은 통화 버튼을 누른 후 핸드폰을 귀로 가져갔다.

신호가 오래 흘렀지만 상대는 전화를 받지 않았다.

시계를 흘끔 바라본 강태산이 전화기를 내리며 통화를 끝

내려 했다.

지금쯤 그쪽은 새벽 시간일 테니 전화를 받지 않는 게 이해가 되었다.

—미스터 강, 웬일이오!

놀란 목소리가 고스란히 수화기를 타고 전해져 왔다.

UFC 회장 톰슨의 목소리는 새벽 시간과 어울리지 않게 무척 크고 높았다.

"잠을 깨운 건 아닌지 모르겠습니다."

—아니오, 늙으면 새벽잠이 없어진다오. 그렇지 않아도 막 일어나려는 참이었소.

"그렇다면 다행이군요."

—그래, 이 새벽부터 챔피언이 웬일일까?

"방어전을 합시다."

—방어전… 누구와?

톰슨이 펄쩍 뛰었다.

그동안 강태산은 계약서대로 자기 스케줄에 맞춰 경기 일정을 결정해 왔기 때문에 UFC 쪽은 준비된 시합에 그의 경기를 끼어 넣기만 하면 되었다.

하지만 상대가 문제였다.

강태산의 경기는 UFC에게 엄청난 돈벼락을 선물해 주었고 시합이 끝난 후 꽤 오랫동안 모든 언론에 UFC란 이름을 도배

케 만들었다.

그런 상황이었으니 강태산의 상대는 그의 명성에 어울릴 정도의 강자여야 한다.

되물은 뒤 잠깐 침묵이 흐르자 톰슨의 입에서 침 넘어가는 소리가 들렸다.

그만큼 긴장했다는 증거였다.

"맥도웰."

―챔피언, 진심이오!

강태산의 짧은 대답에 톰슨이 비명을 질렀다.

질문을 하면서도 설마 하는 생각을 했다.

그 역시 맥도웰의 인터뷰 내용을 보면서 강태산이 꽤나 열받을 것이라 예상했기 때문이었다.

강태산은 무적의 전사다.

그는 누가 두려워 피한다는 소리를 듣는다면 즉시 이빨을 드러낼 정도로 강한 사나이였다.

그럼에도 강태산이 이토록 쉽게 맥도웰을 상대로 결정할 줄은 생각지 못했다.

"시합은 UFC—477로 합시다."

―챔피언, 너무 촉박한 거 아니요?

"나를 걱정하는 겁니까, 아니면 맥도웰을 걱정하는 겁니까?"

—당연히 챔피언 아니겠소. 챔피언은 이제 UFC의 영웅이오. 나는 챔피언이 최상의 상태로 옥타곤에 오르기를 기대하오.

"걱정하지 마세요. 나는 전혀 문제가 없습니다. 맥도웰과 상의해 보고 전화 주십시오. 아, 기다리는 사람이 왔군요. 이만 전화 끊겠습니다."


김가을은 푸른색 티에 청바지를 입고 있었다.

최대한 편한 모습.

그럼에도 완벽한 몸매가 고스란히 드러나는 옷차림이다.

그녀가 강태산에게 도착한 것은 막 전화를 끊었을 때였다.

"어서 와요."

"전화 중이었던 모양이네요. 혹시 저 때문에 끊은 거 아니에요?"

"그럴 리가요."

그녀의 질문에 강태산이 피식 웃었다.

순수한 눈망울.

그녀는 시간이 흘러도 처음 봤을 때처럼 똑같다.

이번이 네 번째 데이트.

사귀기로 두 사람이 결정한 후 넉 달 동안 겨우 네 번째 만남이니 한 달에 한 번 꼴로 만난 거다.

새로 시작한 연인에게는 말도 안 되는 숫자였지만 김가을은 한 번도 불평을 터뜨린 적이 없었다.

"언제 왔어요?"

"음… 30분 정도 되었네요. 보고 싶어서 두 다리가 가만있지 못해서 일찍 왔거든요."

"푸훗… 거짓말."

김가을이 손을 들어 자신의 입술을 가렸다.

그러나 손은 그녀의 웃음을 모두 가리지 못했다.

실내가 밝아진다고 느껴질 만큼 아름다운 웃음이었다.

"촬영장에서 오는 겁니까?"

"예, 이제 거의 다 끝나가요."

"로맨스 영화라면서요?"

"맞아요. 아주아주 슬프고도 아름다운 로맨스 영화예요."

"제목이 뭐죠?"

"그대 안의 블루."

"뭔가 의미가 있는 것 같군요."

"푸른 심장을 의미해요. 주인공들의 가슴에는 서로를 너무나 사랑하는 푸른 심장이 있어요. 푸른 심장은 죽는 그 순간까지 한결같은 사랑을 가진데요."

"재미있는 말이네요. 왠지 주인공들이 불행해졌을 거란 예상이 되는 제목이네요."

"어머, 어떻게 아셨어요?"

"그냥 제목에서 나타나는 느낌이 그랬을 뿐입니다."

"호오, 대단해요. 태산 씨는 감정도 풍부한 것 같아요."

"하하하… 별것 아닌 걸 가지고 또 그러신다. 우리 뭐 시킵시다. 뭐 마실래요?"

"커피, 태산 씨는요?"

"같은 걸로 하죠."

종업원에게 차를 시킨 강태산이 그윽한 눈으로 김가을을 바라보았다.

그러자 얼굴을 붉히며 그녀가 물었다.

"혹시 제 얼굴에 뭐 묻은 건 아니죠?"

"너무 예뻐서요. 가을 씨가 대한민국 모든 남자들의 우상이라고 들었는데 언제 봐도 정말 예뻐요."

"이궁… 부끄럽게끔 왜 그래요!"

"나, 궁금한 게 있는데 물어봐도 됩니까?"

"뭔데요?"

"왜 키스 못하겠다고 했어요?"

"그게… 무슨……."

영문을 모르겠다는 얼굴로 강태산을 바라보던 김가을의 얼굴이 점점 노을처럼 변해가기 시작했다.

무슨 뜻인지 알았기 때문이었다.

강태산은 그런 그녀를 보면서 말없이 조용히 앉아 있었다.

며칠 전 신문에서 김가을에 관한 기사가 나왔는데 그녀가 남자 주인공과의 키스신을 거부했다는 것이었다.

영화배우 김가을.

그녀의 연기력은 외모 못지않을 정도로 뛰어났고 감독의 연출에 동화되는 감정선이 남다른 배우였다.

그런 그녀가 키스신을 빼달라고 요청한 것은 정말 의외의 일이었다.

30여 편의 출연작 속에서 그녀가 키스하는 장면을 찍은 것은 꽤 많았기에 김가을의 키스 장면 거부는 뉴스에 나올 만큼 화제가 되었다.

김가을의 입이 열린 것은 강태산이 질문한 후 계속해서 침묵을 지키고 있었기 때문이었다.

"꼭 들어야 해요?"

"말 안 해도 돼요. 그저 궁금해서 한 질문이었으니까."

"아직… 난, 태산 씨와도 키스하지 못했는걸요. 태산 씨와 사귀면서 다른 남자와 키스하고 싶지 않았어요. 그래서 그랬어요."

"이런……."

"그러니까… 빨리 키스해 줘요. 태산 씨가 늦장을 부리면 부릴수록 나 정말 곤란해져요."

농담이 아니다.

그녀의 눈이 절대 농담하는 게 아니라는 걸 알려주고 있었다.

빤히 바라보는 시선.

그녀의 시선은 열기를 담은 채 강태산을 향해 날아오고 있었다.

그랬기에 강태산은 웃을 수밖에 없었다.

"그렇지 않아도 오늘 하려고 했습니다. 하려다가 뺨을 맞는 한이 있더라도 말이죠."

"정말요. 언제 할 건데요?"

"여기서 나가 밥도 먹고, 야경도 구경하고, 집에 데려다 줄 때. 돌아서면서."

"나, 지금 떨려요. 상상만 해도 막 오금이 저린단 말이에요."

"하하… 오늘은 내가 정말 즐겁게 해줄게요."

"왜 그래요. 좋긴 한데 불안해지잖아요. 오늘 무슨 날이에요?"

"사실은 시합이 잡혔습니다. 그래서 이제 훈련을 시작해야 할 것 같아요. 당분간 가을 씨를 만나는 게 어려워질 겁니다."


한순간의 호승심으로 결정한 것은 아니었다.

맥도웰이 자신을 비난했다고 해서 화가 나거나 욱하는 심정으로 결정한 것은 더욱 아니었다.

지금.

대한민국의 국민들은 독도를 지키지 못했다는 자괴감에 빠져 휘청거리고 있었다.

겉으로는 정치, 경제가 원만하게 돌아가고 있었으나 일본의 공격에 제대로 대항하지 못하고 무기력하게 독도를 빼앗긴 것을 국민들은 잊지 못했다.

독도를 되찾은 게 대한민국의 힘으로 이뤄낸 것이 아니라 일본 스스로 내놓았다는 사실이 그들을 힘들게 만들었다.

일본의 사과와 보상을 받았지만 그랬기 때문에 더욱더 국민들의 마음에 상처가 깊게 남았다.

용기가 없었다는 것.

두려움을 떨쳐내고 목숨을 잃는 한이 있더라도 싸웠어야 된다는 후회.

경제대국으로 성장하며 이제는 잘 사는 나라, 기적의 한국을 부르짖던 자존심은 단 한순간 만에 나락으로 떨어져 버렸다.

그런 자부심이 무너지면서 다이나믹 코리아가 깨졌다.

잘 먹고, 잘 산다는 것이 모든 것은 아니다.

자존심이 무너진 국민은 가슴 한쪽에 패배감이란 상처를 안고 살아가는 법이니까.

계기가 필요했다.

다시 대한민국의 국민으로 태어난 것을 자랑스럽게 여길 수 있는 계기.

강태산이 서둘러 시합을 잡은 것은 그런 계기를 만들기 위함이었다.


강태산이 체육관에 나타나자 모든 관원들이 환호성을 보내왔다.

관원들은 그들의 영웅이 나타나자 훈련을 중지하고 그를 보기 위해 떼로 몰려들었다.

만덕체육관은 이제 국내 최고의 스포츠클럽으로 재탄생된 상태였다.

김관장은 프로모션으로 받은 돈을 전부 투자해서 5층 건물을 사들였고, 그 안에 최고의 훈련 시설을 설치했다.

관원숫자는 칠백 명이 넘어 지금처럼 아침 시간에도 북적거릴 정도였다.

세계챔피언 강태산의 존재.

무명으로 시작해서 무적의 사나이를 만들어낸 만덕체육관의 명성은 격투기계에 입문하는 남자들에게는 꿈의 이상향이 된 지 오래였다.

강태산은 환호를 보내오는 관원들에게 손을 들어준 후 천천히 계단을 올라 관장실로 향했다.

똑똑.

노크를 하면서 거의 동시에 문을 열었기 때문에 김관장은 대답할 새도 없었다.

"뭐냐, 너!"

"왜요, 안 반가워요?"

"미친놈, 두 달 만에 코빼기를 보이면서 안 반갑냐고?"

"잘 지내셨죠?"

"나야… 늘 그렇지 뭐. 그런데 무슨 바람이 불었어. 네가 체육관에 다 나오고."

"챔피언이 체육관에 나오는 건 당연한 거 아닙니까."

"지랄, 그 당연한 걸 여태껏 왜 안했어. 가만… 너!"

"눈치채셨어요?"

강태산이 빙그레 웃자 김관장이 의자에서 벌떡 일어섰다.

불쑥 들어온 강태산.

놈이 이렇게 이른 시간에 체육관에 온 이유는 하나밖에 없을 것이다.

"이놈아, 너 시합 잡혔구나. 그렇지?"

"맞습니다."

"상대는?"

"맥도웰, UFC—477. 앞으로 세 달 남았습니다."

"그놈은 다음 달에 시합이 잡혀 있잖아. 그런데 무슨 소릴

하는 거야?"

"톰슨이 해결할 겁니다."

"휴우, 정말 네 트레이너 해먹기 힘들다."

김관장이 고개를 절레절레 흔들었다.

프로모션 비용을 받으면서 지금까지 김관장이 강태산의 경기 일정에 관여한 적은 한 번도 없었다.

물론 편하긴 하다.

하지만, 아무것도 안하면서 돈을 받는 것은 부담스러운 일이었고 한편으로는 이럴 때마다 자괴감이 솟구치곤 했다.

김만덕이 불쑥 들어와 강태산을 끌어안은 것은 김관장이 답답한 듯 의자에 앉았을 때였다.

"이런 웬수. 이게 얼마 만이냐!"

"잘 지냈어. 얼씨구, 빠졌던 살이 다시 붙은 것 같네. 제수씨가 잘해주는 모양이지?"

"혼자 있을 때보다는 잘 먹지. 그런데 갑자기 나타난 게 이상하네……."

김만덕이 말을 하면서 강태산의 얼굴과 아버지인 김관장의 얼굴을 번갈아 쳐다봤다.

말끝을 흐린 것은 그 역시 뭔가를 눈치챘기 때문이었다.

하긴, 한두 번 겪은 일이 아니니 눈치를 못 챘다면 오히려 이상한 일이다.

"또 사고 쳤구나. 그렇지?"

"내가 인마 고딩이냐. 사고 치게?"

"아니면 아버지 표정이 왜 저러셔. 혼자 시합 일정 잡은 거지?"

"그래, 맞다."

"상대는 누군데?"

"맥도웰."

"거참, 하필이면 왜 맥도웰이야. 다른 놈들도 많은데!"

김만덕이 눈알을 부라렸다.

강태산 정도의 레벨이라면 이젠 도전자는 마음대로 고를 수 있는 권한이 있기 때문이다.

맥도웰은 강태산에게 지기 전까지 무적의 챔피언으로 군림한 강자 중의 강자였다.

타이틀전에서도 그는 강태산과 밀고 밀리는 접전을 펼쳐 손에 땀이 마르지 않도록 만든 사내였다.

"마지막 시합은 최강자와 해야 되지 않겠어. 그래서 고른 거다."

"그건 또 무슨 소리야?"

"난 이번 시합을 끝으로 라이트급 챔피언을 반납할 거다."

"태산아, 인마!"

두 사람이 나누는 대화를 지켜보던 김관장이 주저앉았던

몸을 다시 벌떡 일으키며 소리를 질렀다.

어떻게 얻은 챔피언 벨트인데 반납한단 말인가.

정말 말도 안 되는 일이었다.

그러나 강태산은 표정은 전혀 변함이 없었다.

"원래 내 체중은 웰터급입니다. 나는 맥도웰을 잡으면 웰터급 타이틀전에 도전할 생각입니다."


김숙영은 격투기 전문 리포터이자 캐스터로 활동하지만 평상시에는 다른 분야에도 지원을 나간다.

워낙 매력적인 외모를 가졌고 야구와 농구에도 전문 캐스터 못지않은 지식을 가졌기 때문에 일손이 부족할 경우 종종 지원을 나가는 경우도 많았다.

오늘 그녀가 간 곳은 프로야구 호크스와 히어로의 일전이 벌어지는 목동구장이었다.

경기는 에이스 마동현이 9회까지 완투하면서 단 3개의 안타만 허용한 호크스의 일방적인 승리로 끝이 났다.

그녀는 경기 전에 양감독과 인터뷰를 했고 경기가 끝난 후에는 오늘의 MVP를 차지한 마동현의 소감을 들었다.

비슷한 얘기.

마동현은 오늘 컨디션이 유독 좋았다면서 투심패스트볼과 체인지업이 잘 통했다는 말을 한 후 팬들에게 고맙다는 인사를 남겼다.

인터뷰가 끝나고 김숙영이 가볍게 인사를 하자 마동현이 불쑥 입을 열었다.

"김 기자님, 언제 시간 한 번 내주시죠."

"예?"

"워낙 매력적이시라 식사 한 번 대접하고 싶어서 그럽니다. 안되겠습니까?"

"어머, 고마워요."

김숙영의 얼굴에서 햇살 같은 웃음이 피어올랐다.

마동현은 27살로 현재 떠오르는 신예 에이스였다.

요즘 그녀는 만나는 남자가 없다.

강태산과 3번의 섹스를 하고 난 후 지금까지 다른 남자와 잠자리를 하지 않았다.

모든 남자가 시들해 보였기 때문이었다.

그러나 뜻밖의 장소에서 연하지만 생긴 건 연하처럼 보이지 않는 마동현이 대시를 해오자 가슴이 뛰기 시작했다.

그녀가 웃자 마동현이 한발 더 가까이 다가왔다.

"시간이 언제가 좋습니까. 저는 내일까지 서울에 있습니다."

오늘이나 내일 만나자는 얘기다.

호크스의 홈은 전주였기 때문에 모레 이동한다는 뜻이다.

그랬기에 김숙영은 살포시 미소를 짓고 내일 저녁에 만나자는 말을 하려고 했다.

마음 같아서는 오늘 만나고 싶었지만 여자는 조금 튕기는 맛이 있어야 남자가 안달 난다는 것을 너무나 잘 알기 때문이었다.

하지만 그녀는 말을 입 밖으로 꺼내지 못했다.

갑작스럽게 주머니에 넣어 두었던 핸드폰이 울어댔던 것이다.

"국장님, 이 시간에 웬일이세요?"

"김 기자. 당장 들어와라."

"왜요?"

"강태산 시합이 잡혔어. 그러니까 당장 튀어 와!"

국장이 일방적으로 전화를 끊은 후 잠시 동안 김숙영은 멍하니 핸드폰을 바라봤다.

그런 후 무슨 일이냐는 눈으로 바라보는 마동현을 고개를 돌렸다.

"마동현 선수, 우리 식사는 나중으로 미뤄야겠네요."

"갑자기 무슨 일입니까?"

"아주 중요한 일이 생겼어요. 미안해요, 지금 가봐야 되거든요."

여전히 웃음은 들어 있지만 이전과 다른 웃음이었다.

가슴에 들어왔던 떨림은 언제 그랬냐는 듯 사라져 버렸고 대신 그녀의 심장을 벌렁거리게 만들 정도의 긴장과 기대감이 전신을 적시기 시작했다.

강태산.

무적의 챔피언 강태산이 드디어 타이틀 방어전을 벌인다. 세 번이나 그녀를 천당으로 이끌었던 그 남자가 말이다.

김숙영이 방송국으로 들어와 18층에 있는 국장방을 노크하자 안에서 시끄러운 소리가 들려왔다.

안으로 들어선 김숙영은 슬쩍 얼굴을 굳혔다.

국장방에는 JYN의 사장까지 자리를 함께 하고 있었는데 PD들과 홍보 및 광고 책임자등 십여 명이 둘러앉아 있었다.

육중한 체구의 사장은 김숙영이 들어서자 빙긋 웃어준 후 자신이 하던 말을 마저 이어나갔다.

"여러분, 우리 JYN은 이번에도 현지 생중계를 하기로 결정했소. 잘 알다시피 강태산의 방어전은 전 국민이 시청하게 될 겁니다. 이번 경기에 사활을 걸어주시오. 역사에 기록될 만한 중계가 되도록 전력을 기울여 주기를 바라겠소."

말을 마친 사장이 자리에서 일어났다.

그리고는 바람처럼 국장실을 빠져나갔다.

전국 최대 방송국중의 하나인 JYN 사장이 일부러 시간을 내서 국장실까지 왔다는 것은 이번 중계를 그가 얼마나 크게 보고 있는지 단적으로 알려주는 것이었다.

사장이 빠져나간 자리에 국장이 앉았다.

회의는 시작된 지 얼마 안 된 모양이었다.

"자 그럼 지금부터 강태산의 방어전 일정에 대해서 설명해 주겠다. 아직 UFC 홈페이지에 등록되지 않았지만 톰슨 회장이 직접 전화를 준 것이니까 충분히 믿을 만한 정보다."

국장의 말을 들은 김숙영이 어이없는 표정을 만들었다.

톰슨 회장의 전화를 받았다고는 해도 공식 일정이 발표된 것도 아닌데 긴급회의를 열었단 말인가.

하지만 국장은 참석자들의 의문을 단박에 제압해 버렸다.

"아마, UFC 홈페이지에는 오후에 뜰 거다. 상대는 맥도웰, 앞으로 세 달 후인 UFC—477이다."

"맥도웰과 방어전을 치른다고요? 왜 하필이면……."

중계를 담당하는 PD 나인환이 놀란 얼굴로 말끝을 흐렸다.

전혀 의외의 상대였기 때문이었다.

격투기를 오래 중계하다 보니 이제는 전문가와 다름없는 식견을 가졌다.

그는 강태산이 3차나 4차 방어전에서 맥도웰과 다시 붙을 거란 예상을 하고 있었다.

"나도 그 이유는 모른다. 그건 지금부터 여러분들이 알아낼 내용이지 않겠어?"

"알겠습니다."

쏘아보듯 바라보는 서경석 국장의 말에 나인환이 찔끔하며 고개를 내렸다.

국장의 표정이 굳어졌다.

참석자들의 태도를 긴장시키기 위함이 분명했다.

"나PD, 경기 장소는 메디슨 스퀘어가든이다. 나PD는 지금부터 출장 일정을 잡도록. 저번처럼 UFC측과 삐걱되지 않도록 조심하고."

"세부적으로 작성해서 보고 드리겠습니다."

"홍보부장은 UFC에서 공식 발표를 하는 순간부터 대대적으로 홍보를 때리도록 해. 일정은 별도로 잡아서 보고하고 영상을 미리 만들어놔."

"일 분짜리로 하면 되겠습니까?"

"아니, 일 분 삼십 초. 최대한 길게 잡아."

"알겠습니다."

예고 영상을 일 분으로 하는 것은 파격적인 일이었다.

그런데 국장은 일 분 삼십 초로 짜라고 말하고 있었다.

그는 이번 경기에 목숨을 건 모양이었다.

국장의 지시는 끝없이 이어졌다.

광고판매에 관한 사항과 강태산 특집 방송의 제작, 일정에 관한 것도 세세하게 지시를 내렸다.

그의 고개가 김숙영에게 돌아온 것은 그로부터 30분이 훌쩍 흐른 다음이었다.

"김 기자!"

"예."

"김 기자의 일이 가장 중요해. 이번 중계에 관한 모든 것은 김 기자로부터 시작한다는 거 잊지 마."

"무슨 얘긴지 잘 모르겠어요."

"강태산의 일거수일투족을 모두 체크해서 데스크로 올리란 뜻이야. 지금부터 김 기자는 회사에 출근하지 않아도 좋아."

"국장님. 그 사람은……."

"변명은 필요 없어. 그러니까 무슨 수를 쓰던 강태산이 아침부터 저녁까지 뭘 하는지 전부 알아내도록. 알았어!"


팡, 팡, 팡!

샌드백을 두드리는 소리가 경쾌하게 울렸다.

강태산은 샌드백을 치면서 사이드로 돌아나갔다.

적의 의표를 찌르는 공격.

나의 약점을 가리고 적의 숨통을 끊기 위해서는 크로스 카운터가 가장 치명적이다.

구슬처럼 흐르는 땀.

내공을 쓰지 않고 오직 순수한 체력의 힘으로 싸운다는 것은 최악의 상태에서도 나를 극복해야 살아남을 수 있다는 걸 의미한다.

그러기 위해서는 적이 주는 대미지를 최소화할 수 있는 반사 신경과 정교한 방어 기술을 숙달시키고 일격에 적의 심장을 찔러 버리는 칼날을 새파랗게 벼려놓아야 한다.

지금까지 상대한 자들 중에서 가장 위협적인 자는 맥도웰이었다.

천부적인 파이터.

맥도웰의 주먹은 가공할 정도의 위력이 숨어 있었고 공격 기술과 방어 능력이 탁월해서 정신이 멍해질 정도의 충격을 여러 번 받았다.

그럼에도 맥도웰을 방어전의 상대로 주저 없이 선택했다.

전사는 적을 두려워하지 않는 법이니까.


강태산이 훈련을 하는 동안 주변에는 관원들이 손을 놓은 채 넋 나간 모습으로 지켜봤다.

특히 이제 격투기에 입문한 지 6개월밖에 안 된 김호성은 연신 감탄사를 내지르며 입을 다물지 못했다.

그가 강태산의 훈련을 직접 눈으로 본 것은 이번이 처음이었다.

"우와, 주먹이 보이지 않는구만."

"자세히 봐. 절대 한곳을 때리지 않잖아!"

옆에 있던 이성학이 말을 받았다.

둘은 거의 같은 시기에 입문했고 나이도 같아서 체육관에 오면 붙어 다니는 사이였다.

"몸놀림은 어떻고. 샌드백을 중앙에 두고 계속해서 조금씩 좌우로 돌아나가고 있어. 그러면서도 저렇게 펀치를 낼 수 있다니… 정말 믿기지가 않아."

"그러니까 챔피언이지."

"씨발, 부럽다. 도대체 얼마나 훈련을 했으면 저렇게 되는 걸까?"

"김 사범님이 그러는데 저 양반은 타고났대. 워낙 순간 스피드가 빨라서 자기는 지금까지 한 번도 때려보지 못했단다. 더군다나 시합 날짜가 잡히면 잠시도 한눈을 팔지 않고 집중하는데, 집중력이 무서울 정도래."

"이제 한 달밖에 남지 않았지?"

"다음 주에 출국한다고 하더라."

"따라가서 직접 볼 수 있다면 좋을 텐데……."

"그걸 말이라고 하냐. 그럴 수만 있다면 원이 없겠다. 더군다나 맥도웰이잖냐. 지금 전 세계 격투기 팬들이 난리야. 표를 구하지 못해서."

김호성이 한숨을 길게 내리쉬었다.

하지만 그의 눈은 강태산에게서 떨어질 줄 몰랐다.

연신 들려오는 강력한 타격음.

샌드백은 강태산의 주먹이 터질 때마다 휘청거리며 몸통을 흔들어대고 있었다.

정말 강하다.

그저 훈련하는 모습을 보는 것만으로도 강태산의 강함을 온몸으로 느낄 수 있을 만큼 송곳처럼 날카로운 펀치가 샌드백에 끝없이 작렬하고 있었다.


시합이 점차 다가오자 대한민국은 열병을 앓기 시작했다.

독도 침공으로 인해 받았던 상처는 강태산의 타이틀전이 눈앞으로 가까워지자 언제 그랬냐는 듯 열광으로 변해갔다.

대한민국이 배출한 불세출의 영웅.

17번의 경기를 모두 KO로 장식하며 무적의 챔피언으로 군림하고 있는 강태산은 대한민국의 자랑이었다.

더군다나 그는 벌어들인 돈을 대부분 불우한 사람들을 돕는데 썼기 때문에 국민들은 그를 단순한 격투기 선수로 보지 않았다.

국민들이 그를 영웅이라 부르게 된 결정적인 이유는 요시다에게 터트린 일갈이 언론에 노출되면서부터였다.

나라를 사랑하는 마음.

일본을 향해 독도 전쟁을 벌이자는 제안을 하며 당당하게 소리쳤던 그의 투지.

그리고 요시다를 깔고 앉아 독도는 대한민국 땅이라는 것을 말하던 차가운 눈빛은 국민들로 하여금 맹목적인 애정을 갖도록 만들었다.

언론은 훈련에 매진하고 있는 강태산을 괴롭히지 않기 위해 나름대로 최선의 노력을 기울였다.

자신들로 인해 국가적인 영웅이 훈련하는데 방해가 되는 걸 언론조차 조심했고 두려워했다.

그럼에도 수많은 기자들은 만덕체육관을 둘러싼 채 떠나지 못했다.

챔피언의 모습을 한 컷이라도 찍을 수 있다면 시청률과 판매 부수는 기하급수적으로 올라갈 것이기 때문이었다.

그런 측면에서 봤을 때 김숙영은 행운아라고 볼 수 있었다.

훈련이 시작되면서 강태산은 조금의 주저함도 없이 김숙영을 훈련 캠프에 참석시켰다.

어차피 김관장과 김만덕으로서는 대외적인 매니저 역할이 안 되기 때문에 강태산은 외국 언론의 처리부터 뉴욕으로의 출정 계획까지를 모두 그녀에게 맡겼다.

이번 시합의 주관 방송이 JYN임을 알고 있었기 때문에 한 행동이었다.

만약에 이번 차례가 TCN이었다면 강태산은 주저 없이 최유진을 불렀을 것이다.

양측에 모두 윈윈인 행동이다.

강태산은 유무형의 지원을 주관방송사에서 제공받고 방송사는 특종을 독점할 수 있으니 서로에게 모두 득이 되는 행동임이 분명했다.


강태산은 훈련을 모두 마치고 샤워를 한 후 옷을 갈아입었다.

그리고는 천천히 스태프들과 함께 체육관을 나섰다.

오늘은 수요일.

매주 한 번씩 체육관에 진을 치고 있는 언론 기자들에게 정례적으로 인터뷰를 해주는 날이다.

이런 규칙을 만든 것도 강태산이었다.

자신이 슈퍼스타가 된 후부터 강태산은 언론을 피하지 않았다.

언론이 가급적 훈련을 방해하지 않기 위해 노력한다는 것을 알고 난 후부터 그는 매주 수요일에 30분씩 언론과 인터뷰하는 시간을 가졌다.

국민들의 알 권리와 자신을 담당하는 기자들의 밥벌이를 위해서 그는 인터뷰를 마다하지 않았던 것이다.

"강태산 선수. 출국 날짜가 다음 주 월요일이라고 들었는데요, 사실인가요?"

"그렇습니다."

"오전입니까, 오후입니까?"

"오후 2시 비행기입니다."

"대한항공을 타고 가시나요?"

"그렇습니다."

"최근에 맥도웰 선수가 새로운 기술을 익히고 있다는 소식이 들어왔습니다. 그에 대해서 아는 바가 있나요?"

"아닙니다. 하지만 저 역시 최선을 다하고 있으니 좋은 결과가 있을 겁니다."

"혹시 강태산 선수는 맥도웰 선수를 이기기 위한 비책을 준비하고 있는 게 있습니까?"

기자들의 질문이 계속되었다.

이런 식이다.

매주 궁금한 것을 알려주기 위해 인터뷰를 하다 보니 기자들은 시시콜콜한 것까지 모두 물어왔다.

그럼에도 강태산은 주어진 시간 동안 기자들의 질문에 성의껏 대답을 해주었다.

시간이 되자 강태산이 고개를 숙여 인사를 한 후 체육관을 빠져나갔다.

기자들은 따라오지 않았다.

사전에 약속을 했기 때문이다.

강태산은 매주 인터뷰를 하는 대신 편히 쉴 수 있도록 기자들에게 따라오지 말아달라는 부탁을 했다.

물론 약속을 지키지 않은 기자들도 있었지만 소수에 불과했고 그들조차도 대놓고 사진을 찍거나 직접 나서서 방해를 하지 않았기 때문에 사생활을 침해받는 경우는 거의 없었다.

기자들의 숲을 거의 빠져나왔을 때 강태산의 시선이 잠시 멈칫했다.

마지막 끝 부분에서 몸을 숨긴 채 자신을 바라보고 있는 은정을 발견했기 때문이었다.

이런……

한참 동안 보이지 않더니 다시 온 걸 보면 힘이 들었던 모양이다.

먹고 산다는 건 이렇다.

은정은 어쩌면 격투기 선수로서의 강태산을 다시는 보고 싶지 않았을 것이다.

바보같이.

저런 마음으로 험한 세상을 어떻게 살아갈까.

여기에 온 것은 분명 목적이 있었기 때문일 텐데 은정은 자신을 보고도 꼼짝하지 못했다.

걸음을 멈추고 좌측으로 움직여 은정의 앞에 섰다.

은정은 그가 다가가자 얼어붙은 사람처럼 두 손을 가슴에 모은 채 숨을 쉬지 못했다.

"오랜만이네요."

"…예."

"절 보러 오신 거죠?"

"그게……"

고개를 숙이고 얼굴조차 마주보지 못했다.

남자로 보지 않겠다며 냉정하게 얼굴을 붉혔던 그때 그 순간이 그녀의 마음을 불안하게 만든 모양이다.

"내가 금방 전화할게요."

강태산은 가볍게 인사를 하고 자리를 떴다.

아마 그녀는 많은 기자들에게 둘러싸여 무슨 관계인지 추궁을 받을 테지만 걱정하지 않았다.

그녀는 광고를 따내기 위해 일하러 온 열정적인 회사원이니까.


예전에 은정과 단둘이 만났던 이탈리안 레스토랑으로 들어서자 여자 종업원이 기절할 것 같은 눈으로 바라봤다.

그녀는 20대 중반으로 보이는 귀여운 얼굴을 가졌는데 마치 귀신이 들어온 것처럼 꼼짝도 하지 못한 채 질린 눈으로 강태산을 쳐다보며 인사조차 하지 못했다.

그런 종업원을 향해 강태산이 슬쩍 웃음을 지었다.

"여기 혼자 오신 여자분 계실 텐데요."

"아… 예… 저기……."

더듬거리는 목소리.

그녀는 아직도 정신을 차리지 못했던지 앞선 걸음이 휘청거렸다.

종업원을 따라간 곳에 은정이 앉아 있었다.

하지만 그녀의 얼굴은 어둠이 잔뜩 내려앉아 보기 안쓰러울 지경이었다.

"일찍 왔어요?"

"아니에요. 저도 방금 왔어요."

자리에서 벌떡 일어난 은정이 급히 고개를 흔들었다.

그런 두 사람을 바라보는 여종업원의 눈이 급하게 움직였다.

나름대로 어떤 관계인지 유추하고 있는 것 같았다.

어정쩡하게 서 있는 종업원에게 강태산이 부드럽게 말을 했다.

"우리 커피 좀 주실래요."


고소하고 달콤한 향기.

저녁때가 되었지만 강태산은 음식대신 시킨 커피의 향기를 맡으며 지그시 눈을 감았다.

그런 후 은정을 향해 웃음을 피워냈다.

"얼굴이 조금 안돼 보이네요. 무슨 문제라도 있나요?"

"아니에요."

"나를 만나러 온 건 광고 때문이죠?"

"…예."

"그런데 왜 아무 말도 못하고 그냥 서 있기만 했죠?"

"미안해서……."

"뭐가요?"

"제 욕심만 차리는 것 같아서요."

은정이 말을 끝내고 얼굴을 붉혔다.

자신을 바라보는 강태산의 얼굴.

정말 감탄이 저절로 나올 만큼 조각처럼 아름다운 얼굴이 자신을 빤히 보고 있었다.

그러나 그 얼굴을 보면서도 시선이 피해지지 않았다.

익숙한 눈, 그리고 왠지 모르게 느껴지는 편안함.

전혀 다른 얼굴에서 나타나는 오랜 편안함과 익숙함의 정체는 도대체 뭘까.

"부담을 느끼고 있었던 모양이군요, 제 말 때문에. 그러지 않아도 되는데… 은정씨에게만 말해주죠. 저 사귀는 사람 있습니다. 그러니까 이제 부담 느끼지 않아도 되요."

"정말… 인가요?"

"그렇습니다. 김가을 씨라고 알죠. 영화배우?"

"그럼 그분하고……."

"그렇습니다. 사귀기 시작한 지 꽤 되었어요. 이젠 은정 씨한테 쓸데없는 얘기 같은 건 하지 않을 테니 걱정하지 않아도 돼요."

"신경 쓰이게 해드렸다면 죄송해요."

"이제 일 이야기하죠. 아시다시피 나는 시합을 앞두고 있어요. 은정 씨가 제시하는 광고는 시합이 끝나면 찍도록 하겠습니다. 조건은 이전과 같아요. 뭘 찍는 게 좋을지도 은정 씨에게 맡기겠습니다. 저번 자동차 광고는 정말 멋지게 나왔더군요. 이번 광고도 그렇게 될 수 있도록 신경 써주세요."

어이없다.

그토록 고민하고 괴로워하던 일이 한순간에 풀려 버리자 은정은 집까지 어떻게 돌아왔는지 알 수 없을 정도로 혼란스러웠다.

멀리서 바라보이는 골목길.

그녀와 사랑하는 사람들이 살아가고 있는 정겨운 집이 그 속에 자리 잡고 있다.

오랜 시간 고민 속에 빠져 살고 있었다.

회사에서는 임원들까지 나서서 강태산을 섭외해 오라며 그녀를 매일같이 압박해 왔다.

못한다고 버텼고 더 이상 버티기 힘들어졌을 때 사표를 썼다.

하지만 회사는 막무가내였다.

그녀의 사표는 반려되었고 돌아온 건 힘내라며 사장이 직접 준 보너스였다.

사는 게 참 지랄 같다.

마음에 든다며 사귀자는 남자를 걸어 찬 여자에게 그 남자를 섭외해 오라니 이런 경우가 어디 있단 말인가.

도살장에 끌려가는 기분으로 갔다.

가고 싶지 않은 곳을 향해 갈 수밖에 없다는 것은 정말 죽기보다 싫은 일이었다.

강태산이 매주 인터뷰를 한다는 사실이 전해진 후 두 번이나 체육관까지 갔었다.

그러나 숨어서 바라보기만 했을 뿐 나설 수가 없었다.

아무리 두꺼운 철판을 얼굴에 썼다 해도 선뜻 나서서 강태산에게 광고 출연을 해달라며 떼를 쓴다는 것은 인간으로 할 짓이 아니었다.

그랬기에 오늘도 기자들의 끄트머리에 서서 담장에 숨은 채 강태산의 모습을 지켜봤다.

그가 자신을 발견했을 거라고는 꿈에도 생각하지 못했다.

지금까지 발견되지 않았고 오늘도 마찬가지로 그는 사람들 사이를 유유히 빠져나가 곧 시선에서 사라질 거라 생각했다.

말을 걸어왔을 때 심장이 멎는 줄 알았다.

도대체 어떻게 알았을까.

이전에 만났던 장소에서 보자는 전화를 들은 후 어떻게 그 자리를 벗어났는지 모른다.

가지 않으려 했다.

그곳에 가면 그가 또 다시 그녀를 유혹할 수도 있다는 걱정과 하고 싶지 않은 말을 해야 한다는 부담감이 그녀를 수없이 망설이게 만들었다.

하지만 그녀의 다리는 그녀의 감정을 누르고 이 기회를 놓치게 되면 정말 회사를 그만 둬야 할지도 모른다는 차가운 이성의 명령을 따르고 말았다.

마음은 더 없이 어두웠다.

그를 똑바로 바라보며 자신의 이익을 위해 거짓 웃음을 지어야 하는 자신의 처지가 너무나 안쓰러웠다.

뚜벅, 뚜벅.

아무렇지 않은 듯 다가온 그 남자.

자신의 어두워진 안색을 단박에 알아봤을 텐데도 그 남자는 싱그러운 웃음을 지으며 자신을 환하게 내려다보았다.

가슴이 쿵하고 무너져 내렸다.

그의 눈은… 이전에도 느꼈지만 믿을 수 없을 만큼 오빠를 닮았다.

대한민국 최고의 영화배우와 사귄다는 말을 들었을 때 묘한 기분이 들었다.

마치 오빠가 다른 여자와 사귀기로 했다는 고백을 한 것처럼 그녀의 가슴이 철렁 내려앉았다.

휴우…….

그 순간을 생각해 보면 지금도 왜 그랬는지 모른다.

걸어가는 발걸음이 무거웠다.

모든 것이 거짓말처럼 해결되었는데도 가슴 한편에 자리 잡은 불안감은 모래 속에 스며든 물기처럼 쉽게 걷어지지 않았다.

고개를 숙인 채 걸어가는 은정의 시선에 불빛을 가리며 그림자가 나타난 것은 골목길이 다가왔을 때였다.

"은정아, 늦었네. 밥은 먹었니?"

왈칵 솟아나는 눈물.

바보처럼 자신을 바라보며 다가온 오빠의 모습에 은정은 제자리에 얼어붙은 것처럼 서버렸다.

왜 그리웠지?

왜 보고 싶었지?

오빠는 언제나 내 옆에 있는데… 왜, 왜 불안했던 걸까.

"아니, 밥 안 먹었어. 오빠, 포장마차에 가자. 나 우동 사줘."

『투신 강태산』 9권에 계속…

# 초대형 24시 만화방

**신간 100%, 샤워실, 흡연실, 수면실(침대석), 커플석, 세탁기 완비**

## ▪ 시흥 정왕25시점 ▪

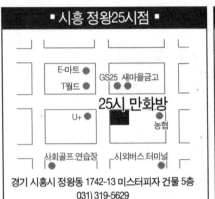

경기 시흥시 정왕동 1742-13 미스터피자 건물 5층
031) 319-5629

## ▪ 강북 노원역점 ▪

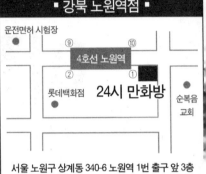

서울 노원구 상계동 340-6 노원역 1번 출구 앞 3층
02) 951-8324 (화용빌딩 3층)

## ▪ 일산 정발산역점 ▪

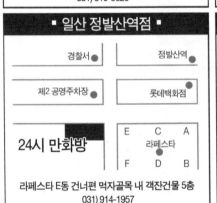

라페스타 E동 건너편 먹자골목 내 객잔건물 5층
031) 914-1957

## ▪ 일산 화정역점 ▪

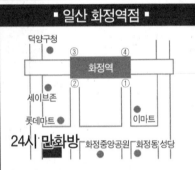

경기도 고양시 덕양구 화정동 984번지 서일빌딩 7층
031) 979-4874 (서일사우나 건물 7층)

## ▪ 부천 역곡역점 ▪

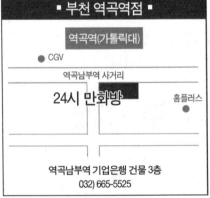

역곡남부역 기업은행 건물 3층
032) 665-5525

## ▪ 부평역점 ▪

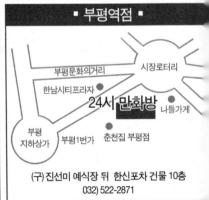

(구)진선미 예식장 뒤 한신포차 건물 10층
032) 522-2871

이모탈 퓨전 판타지 소설
FUSION FANTASTIC STORY

# 용병들의 대지
# Road of Mercenaries

이 세계엔 3개의 성역이 존재한다.
기사들의 성역, 에퀘스.
마법사들의 성역, 바벨의 탑.
그리고… 그들의 끊임없는 견제 속에 탄생하지 못한

# 『용병들의 대지』

전쟁터의 가장 밑을 뒹굴던 하급 용병 아론은
이차원의 자신을 살해하고 최강을 노릴 힘을 가지게 된다.

그의 앞으로 찾아온 새로운 인생!
아론은 전설로만 전해지던
용병들의 대지를 실현시킬 수 있을 것인가!

Book Publishing CHUNGEORAM

유행이 아닌 자유추구 -
WWW. chungeoram.com

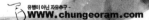

고검독보

천성민 新무협 판타지 소설

FANTASTIC ORIENTAL HEROES

강남 무림을 일대 혼란에 빠뜨린 마라천.
그들을 막아선 것은
고독검협(孤獨劍俠)이라 불린 일대고수였다.

마라천이 무너지고 난 후,
홀연 무림에서 모습을 감춘 고독검협.

그리고 수 년……

그가 다시 무림으로 나섰다.
한 자루 부러진 녹슨 검을 든 채로……!

Book Publishing CHUNGEORAM

十 星
십자성
전왕의 검

허담 新무협 판타지 소설
FANTASTIC ORIENTAL HEROES

Book Publishing CHUNGEORAM

유행이 아닌 자유추구 -
WWW.chungeoram.com

FUSION FANTASTIC STORY

자미소 장편소설

# GRAND SLAM
# 그랜드슬램

**2016년의 대미를 장식할 최고의 스포츠 소설!!**

Career record : 984W 26L
Career titles : 95
Highest ranking : No.1(387weeks)
Grand Slam Singles results : 23W
Paralympic medal record : Singles Gold(2012, 2016)

약 십 년여를 세계 최고로 군림한 천재 테니스 선수.
경기 내내 그의 몸을 지탱하고 있는 것은…… 휠체어였다.

## 『그랜드슬램』

휠체어 테니스계의 신, 이영석(32).
그는 정상의 자리에서도 끝없는 갈망에 사로잡혀 있었다.

**"걷고 싶다, 뛰고 싶다. …날고 싶다!!"**

**뛸 수 없던 천재 테니스 선수
그에게, 날개가 달렸다!!!**

Book Publishing CHUNGEORAM

유행이 아닌 자유추구
WWW. chungeoram.com

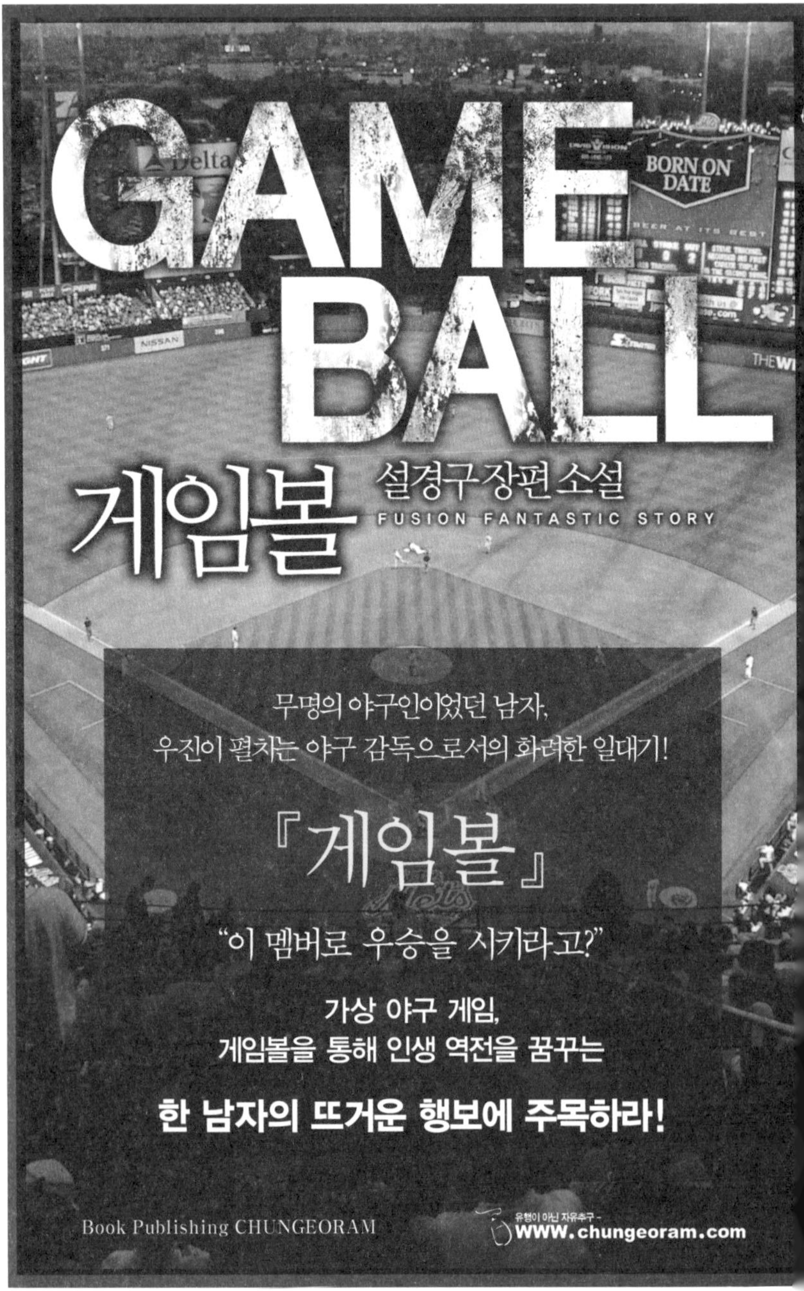
GAME
BALL
게임볼
설경구 장편 소설
FUSION FANTASTIC STORY
무명의 야구인이었던 남자,
우진이 펼치는 야구 감독으로서의 화려한 일대기!
『게임볼』
"이 멤버로 우승을 시키라고?"
가상 야구 게임,
게임볼을 통해 인생 역전을 꿈꾸는
한 남자의 뜨거운 행보에 주목하라!
Book Publishing CHUNGEORAM
유행이 아닌 자유추구 -
WWW.chungeoram.com

투신 강태산

박선우 장편소설
FUSION FANTASTIC STORY

무림을 휩쓸던 '야차(夜叉)'가 돌아왔다.

『투신 강태산』

여행사 다니는 따뜻한 하숙생 오빠이자
국가위기 특수대응팀 '청룡'의 수장.
그리고 종합격투기계를 휩쓸어 버린 절대강자.
전 세계를 무대로 펼쳐지는 투신 강태산의 현대 종횡기!!

"나는, 나와 대한민국의 적을, 철저하게 부숴 버릴 것이다."

서러웠던 대한민국은 잊어라!
국민을 사랑하는 대통령과 절대강자 투신이 만들어 나가는
새로운 대한민국이 펼쳐진다!!

FUSION FANTASTIC STORY

Miracle Direction

서산화 장편소설

기적의 연출

천재 영화감독, 스크린 속 세상을 창조하다!

『기적의 연출』

대문호 신명일과 미모로 손꼽히던 여배우 김희수의 아들 신지호.
일가족은 불운한 사고로 인해 크나큰 비극을 겪는다.
이 사고로 섬광 기억(Flashbulb memory)이라는 능력을 얻게 된 그 순간!
그의 모든 게 달라졌다.

"배우의 혼을 이끌어내고, 관중의 영혼을 붙잡아야 합니다.
그게 제 목표입니다."

완전한 감독을 꿈꾸는 신지호.
이제 그의 영화가, 세상을 홀린다!

Book Publishing CHUNGEORAM